伟大的短篇小说家们
套中人
契诃夫 选集

[俄] 契诃夫 著　李辉凡 李丝甬 译

人民文学出版社
天天出版社

译本序

契诃夫的精美的短篇小说及其优秀的戏剧作品受世界文坛瞩目已有一个世纪了，而一百多年以后的今天，我们仍然喜欢他的作品，仍然阅读他的作品，仍然研究他的作品，这是因为真正的好作品、优秀的世界名著是百读不厌、常读常新的。俄国著名戏剧家斯坦尼斯拉夫斯基说得好："契诃夫的这一章还没有结束，人们还没有像应有的那样读完它，还没有深刻领会它的底蕴，而过早地把书合上了。希望人们重新打开它，钻研它，读完它。"

契诃夫是19世纪末20世纪初俄国一位杰出的批判现实主义作家，短篇小说大师。他首先以写短篇小说著称，也正是以其精彩绝伦而又朴实无华的短篇小说跻身于世界经典作家之列。他一生写了许多中短篇小说和一系列的优秀剧本。契诃夫作品的伟大意义在于，他无情地嘲弄和鞭挞了现实生活中一切庸俗的东西、丑恶的东西和奴性的东西，唤醒人们同它们进行斗争，并坚信美好的生活必将到来。与此同时，他对人性丑恶的种种形态的披露又是用一种诗人的崇高的语言、用幽默家温和的微笑表现出来的。这也许就是契诃夫独特的艺术风格及其美学魅力之所在。

一

安东·巴甫洛维奇·契诃夫（1860—1904）出生在罗斯托

夫省塔干罗格市一个三等商人的家庭。他的祖父是农奴。1841年，契诃夫的祖父以三千五百卢布的代价赎得了他自己和全家的自由。后来契诃夫的父亲开了一间杂货店。年幼的契诃夫除了上学外，也帮助父亲看小店和算账。父亲笃信宗教，并要求自己的孩子们也认真做礼拜。但是，小契诃夫对宗教并不感兴趣，让他最高兴的事是到当地的剧院看戏。这是他爱好文艺的最初萌芽。由于父亲不善于经营，1876年，杂货店倒闭了，全家迁居莫斯科。由于家庭经济拮据，契诃夫只好一面读书，一面打工（当家庭教师）。1879年，他中学毕业，同年考进莫斯科大学医学系。1880年，他用安托沙·契洪特的笔名开始在杂志上发表作品。1884年，契诃夫的第一部短篇小说集《梅尔波梅尼的故事》问世。大学毕业后，他又于1886年和1887年出版了两本小说集《五颜六色的故事》和《黄昏》，从而树立了他在文学界的声誉。

契诃夫的早期作品数量很多，但良莠不齐。青年契诃夫由于生活和上学的经济困难，为了多发表作品，有时不得不迎合当时报刊的口味，写过不少逗人发笑、无伤大雅的"急就篇"，如《在剃头店里》等（大多署名契洪特）。契诃夫后来反省过这一时期的创作，在出版文集时删去了很多不成熟的作品。但与此同时，他也发表了许多重要的和优秀的小说，如《一个文官之死》《胖子和瘦子》《变色龙》等。这些作品题材广泛，内容深邃，文笔幽默而凝重。

《一个文官之死》写某庶务官在看戏时打了一个喷嚏，把唾沫星子溅到了前排一位文职军官的秃顶和脖子上，庶务官因而神魂不安。虽然他三番五次地向将军赔礼道歉，仍旧惶惶不可终日。结果没过几天便一命呜呼了。故事表明，在专制主义的不平等的社会里，大人物的淫威，灵魂被扭曲了的小人物的奴性心理达到了何等令人难以置信的地步。

《变色龙》中的小警官奥楚梅洛夫则是一个阿谀权贵、见风使舵的奴才。广场上发生了一起狗咬伤人的案件。开始时，警官以为咬人的狗是一条普通人家的狗，便扬言要把狗打死，还要给狗主人一点颜色看，但当听说这是日加洛夫将军的狗时，警官被吓出一身冷汗，顿时改变腔调，替狗辩护起来。这时将军家的厨师出来说，这狗不是将军的。话音未落，警官的态度又是一个一百八十度的转变。其实厨师的话并没有说完，他接着说，这是将军哥哥的狗。结果警官又换了一副脸孔。作者通过警官的三次变脸，活脱脱地勾勒出了沙皇鹰犬的丑恶嘴脸，并且给这种"变色龙"式的典型形象赋予了深刻的社会内容。

又如《胖子和瘦子》，写两位老同学不期而遇，见面时称兄道弟，嘘寒问暖，亲密无间。后来知道瘦子已做了八品文官，胖子只是三等文官时，两人关系骤然巨变，立即从嘘寒问暖变成了打躬作揖，小官对大官的那种阿谀谄媚、低三下四的丑相，简直令人作呕！

从上述作品我们看到，契诃夫无疑继承了果戈理、谢德林讽刺幽默的创作传统。他通过诙谐、揶揄的笔触针砭了沙皇统治下的种种野蛮和黑暗，抨击了倚仗权势、阿谀奉承，以及俄国国民性中庸俗愚昧的奴性心理。这些作品有的令人愤恨，有的令人发笑。即使是笑，也不是开心的笑，而是使人压抑、催人泪下的苦笑，同时充满作者忧郁的谴责的调子。不论是大人物还是小人物，凡是有辱人格、有损人的尊严的东西，都在作者的讽刺、贬斥之列，只是契诃夫的讽刺比较含蓄，它不是让你放声大笑，忘乎所以，而是不动声色，含而不露，笑声里带有苦涩的东西，使读者不能不思考，不能不动情。

二

契诃夫1884年大学毕业后参加了地方的医务工作。他一面行医，一面继续从事文学创作。随着生活阅历的丰富，作家的思想和艺术功力也不断得到提高和发展。反映在他的创作上，是从滑稽可笑的题材转向了对日常生活和劳动群众的关注。这一时期发表的优秀短篇如《苦恼》《万卡》《渴睡》等都是反映下层劳动者生活的作品。作者通过细腻入微的观察和深刻的心理分析，描绘了处于水深火热之中的劳苦大众的悲惨境遇，并寄予深切的同情。《苦恼》中的马车夫死了儿子，心里极度悲伤，多次想向人倾诉内心的痛苦，但是在这冷漠的社会里却无人同情他，因此只好对自己的老马去诉说。《万卡》写一个小学徒的遭遇。九岁的万卡没有父母，由爷爷领他到一家鞋铺当学徒。他在那里挨打受骂，吃尽苦头；他举目无亲，无法向人诉说，只好写信给爷爷诉苦和求救："亲爱的爷爷，你来吧，我为你向基督上帝祈祷，你带我离开这里吧，你就可怜可怜我这个不幸的孤儿吧……我的生活苦极了，比狗都不如。"一字一泪，读来令人揪心。《渴睡》也是写一个小姑娘当保姆的悲剧故事。十三岁的瓦丽卡在一个老爷家当小保姆。她白天干繁重的杂活，马不停蹄地东跑西颠，晚上照看孩子的摇篮，还挨打受骂。孩子哭闹不停，她得不到一分钟的休息，被折磨得精神失常了。她为了睡个觉，竟无意识地犯了罪——把小孩掐死了。显然，等待着她的悲剧是可想而知的。

这些故事，在生活中是平常的、真实的，同时又是可怕的。契诃夫善于把这些日常现象如实地描写出来，成为一幕幕动人的又是血淋淋的悲剧，并从中揭示其重大的社会内涵，抨击不合理的社会制度，为劳动者的悲惨处境呐喊。

三

19世纪80年代至90年代是俄国最动荡也是最黑暗的时代，国内形形色色的理论、宣传、说教层出不穷。沙皇统治者曾叫嚷要把整个俄国冻结起来。契诃夫是一位严肃、正直的作家，面对这种丑恶的现实，他开始深切地感受到，一个作家如果没有明确的世界观和信念，不仅将一事无成，而且是"一种可怕的事"。随着作家声誉的日益增长，他的艺术责任感也越来越强了，他明确指出："文学家不是糖果贩子，不是化装专家，不是给人消愁解闷的，他是一个负有责任的人，受责任感和良心的约束。"他这个时期写的许多作品都是有意讨论世界观和生活目标问题的。

90年代是契诃夫创作的成熟阶段。这个时期的一系列作品，如《六号病房》等，是直接针对当时知识分子中流行的托尔斯泰主义的"不抗恶"理论而发的。医院的六号病房是一间精神病室，但是关在这里的并不都是精神病患者，有些不满现实或"不安分"的人也被当作疯子关进这个病房，格罗莫夫就是一例。他在大学念过书，知多识广，作风正派，道德纯正，但是他对现实不满，激烈地批评社会上的种种不合理现象："卑鄙的家伙吃得饱、穿得好，正直的人却忍饥受寒"；社会"像野兽一般生活"。格罗莫夫由于自己说了许多激越的话，下意识地感到害怕，觉得自己随时都有可能被捕。后来他终于被关进了六号病房。作品的另一位主人公是医院的医生拉京。他虽然正直、善良，却是一个托尔斯泰主义者，信奉一套"不抗恶"的哲学；他没有受过苦，也不知道是非、善恶。当格罗莫夫问他"你们为什么把我关在这里"时，他说："一切取决于机遇，谁被关了起来，谁就得待在这里。"他甚至说，"停止诉苦，疼痛就会消失。"然而拉京万万没有想到，与格罗莫夫谈话后不久，自己竟也被当作"精神病人"关进了这个病房。这一结局本身就说明了托尔斯泰主义的破产。六号病房是一间黑暗地狱，到处是污秽、恶臭，管理人员贪污腐化、违法乱纪，殴打、虐待病人，一片乌烟瘴气，阴森可怖。作者把它比作监狱。它何止是监狱，简直就是当时整个黑暗俄罗斯的缩影。

四

"庸俗习气是巨大的祸害。"庸俗、保守、愚昧是契诃夫的大敌,反对庸俗也是他创作中最重要的主题之一。他一生都在跟庸俗做斗争,他嘲笑它,用一支锋利而冷峻的笔描写它。《套中人》《醋栗》《跳来跳去的女人》《姚内奇》等,就是契诃夫揭露庸俗,贬斥保守、愚昧的力作。

《套中人》中的中学教员别里科夫是保守派、顽固派的典型,是旧制度的卫护者,新事物的反对者。他性情孤僻,像寄生蟹或者蜗牛那样极力缩进自己的硬壳里去。他晴天上街也要带上雨伞,穿上套鞋,而且一定穿上棉大衣;他的雨伞有伞套子,怀表有表套子,小折刀也有刀套子;他走路时把脸藏在竖起的领子里,戴上黑眼镜,耳朵用棉花堵上……总之,他总想用一层硬壳把自己包起来,以便隔绝人世,不受外界影响;他怕现实生活的刺激,老是称赞过去,甚至把思想也极力地藏在套子里。他最常说的一句话是:"哎呀,千万别闹出什么乱子来啊!"这种描写不是夸张,在现实生活中是完全真实的,而且不是个别现象,正如作品中的布尔金所说:"我们虽然埋葬了别里科夫,可是还有多少这样的套中人活着,将来又还会有多少这样的人呢!"契诃夫塑造的这个典型形象具有极大的社会性和广泛性,是一切保守、落后的顽固分子的一面镜子。

《醋栗》中的尼古拉也是一个胸无大志、只贪图个人幸福的庸人。他一辈子最大的理想,就是要拥有一个自己的庄园,庄园里栽上一些醋栗树。他常幻想着有一天："在阳台上坐一坐，喝杯茶，池塘里有自己的小鸭子在泅水，四处清香，而且……醋栗成熟了。"后来他的"理想"实现了，他终于成了一个俗不可耐的庄园主，心满意足地吃上了那"又硬又酸的醋栗"。作者通过尼古拉的哥哥伊万的口对这种"幸福"进行了分析批判，指出这不是幸福，而是"麻木不仁"。这是一种自私自利的幸福，庸俗之徒的幸福。

《姚内奇》的主人公是一个堕落知识分子。地方自治局的医生姚内奇原是一个充满幻想的青年，他来到省城行医后，跌进了省城庸俗、闭塞、空虚的"染缸"里。这里的人只知道打牌、吃饭，除此之外什么都不懂，也不感兴趣。你若对他们说"人必须工作""生活缺少劳动不行"，那他们就会生气，会把这些话当作训斥。只要话题不是吃玩，比方谈到政治或科学问题，他们就一定茫然不知所措，或者讲出一套愚蠢的大道理来。久而久之，这种空虚、无聊的生活把姚内奇仅有的一点热情和思想也销蚀了。现在他也成了一个除了吃饭、打牌外，就只会清点钞票的俗物了。

除上述各种庸人俗物外，契诃夫也塑造了一些美好、纯正、憧憬未来的新型知识分子的形象，如《醋栗》中的伊万·伊万内奇、《跳来跳去的女人》中的狄莫夫医生等。"不能再这样生活下去了！"就是伊万·伊万内奇告诫人们的一个警句。

五

契诃夫从萨哈林旅行回来后,便全家迁到莫斯科近郊的梅里霍沃村居住。由于他扩大了接触面,密切关注社会各阶层生活,创作视野也进一步开阔了。除知识分子主题外,他同时把目光投向了农民和妇女等许多具有迫切而重大社会意义的问题,从而写出了《新娘》等后期的许多重要作品。

短篇小说《新娘》中,作者一反过去忧郁、深沉的调子,发出了一种坚定而又响亮的声音。《新娘》中的女主人公娜佳完全是一个新人的形象,她毅然地告别了猥琐、庸俗的过去,勇敢地走向新的生活,并且义无反顾,坚信美好的明天必将到来。"在她的面前出现了一种宽广辽阔的新生活,这种生活虽然还朦朦胧胧,充满神秘,但却在吸引着她,召唤着她。"《新娘》是契诃夫晚年(1903)写的最后一部重要短篇小说,这时他的情绪空前高涨,作品的风格也变得分外清新、明朗,充满激情。这无疑与20世纪初俄国高涨的革命氛围是分不开的。可惜这个时期的创作还没有完全展开,契诃夫便于1904年7月2日与世长辞了!这不能不令人惋惜。

契诃夫是杰出的现实主义短篇小说大师,所著多为短小精悍的精品,然而作品的题材极为广泛,思想内容博大精深,就是说,他通过细小的、微不足道的、最普遍最平常的生活素材,揭示出具有重大意义的社会内蕴及其本质。从审美意义上说,是从微观的具现，即从一人一事，甚至一个生活碎片，不夸张，不修饰，按生活本来的面目加以描写，达到了宏观的总体把握，多角度、全方位地反映复杂多彩的现实生活。这就是契诃夫创作的最基本的艺术手法。

从艺术风格上看，契诃夫的早期创作多为讽刺性作品，如《一个文官之死》《变色龙》等，诙谐幽默，都是喜剧或悲喜剧。中期作品的基调转为冷峻、忧伤，特别如《苦恼》《万卡》《渴睡》等描写小人物的小说，往往都流露出一种淡淡的哀愁。接着是一批揭露小市民知识分子庸俗生活的作品，如《套中人》《醋栗》等。晚期创作则开始走向明朗，富有时代气息，如《新娘》等，只是这种风格持续时间不长，刚刚出现就熄灭了。

契诃夫创作的最大特点是文体的简朴和语言的洗练。他把质朴、简练看作是衡量作品的最高标准，也是他追求的最高目标。他说过，"学会写得有才气，也就是写得简练"，"简练是才能的姊妹"。他的作品篇幅都不长，有的作品只有几百字。他没有写长篇小说，曾经试写过，但没有成功。据他自己说，主要是害怕"冗长"，而"对一切短的东西却有一种狂热"。

情节淡化也是契诃夫简朴的特点之一。他的作品都不以故事情节取胜。它们既没有引人入胜的性格冲突，也没有故意安排的悬念，更没有插科打诨的噱头。它们只写日常生活，笔调舒缓、平和，从容不迫，甚至使你感到有点漫不经心，但掩卷之余，你的心却不能不为之而颤动。

文字洗练是达到作品简朴的主要手段。不论是节约篇幅还是淡化情节都离不开文字的功夫。契诃夫的语言文字是极其简洁、紧凑的，他要求做到字斟句酌，不允许有一个多余的字；他要求"无情地删削"，"用刀子把一切多余的东西都剔掉"，真正达到言简意赅。托尔斯泰认为，在这方面，契诃夫已经到了"登峰造极"的地步。高尔基则把他同普希金、屠格涅夫等艺术大师相提并论："作为文体家看，契诃夫是不可企及的，将来的文学史家在谈到俄国语文的成长的时候会说：'这种语文是普希金、屠格涅夫和契诃夫创造的。'"

李辉凡

目　录

一个文官之死 ………………………… 001

胖子和瘦子 …………………………… 005

变色龙 ………………………………… 008

苦恼 …………………………………… 013

万卡 …………………………………… 021

渴睡 …………………………………… 027

跳来跳去的女人 ……………………… 036

六号病房 ……………………………… 071

挂在脖子上的安娜 …………………… 146

套中人 ………………………………… 163

醋栗 …………………………………… 181

姚内奇 ………………………………… 196

新娘 …………………………………… 221

一个文官之死

在一个美好的晚上,有一位同样美好的庶务官伊万·德米特里奇·切尔维亚科夫,他坐在第二排的椅子上,用望远镜在看《柯涅维勒的钟》。他看着戏,感到无上幸福。可是忽然……故事里常常会碰到这个"可是忽然"。作者们没有错:生活中充满许多意外的事!可是忽然他的脸皱了起来,两只眼睛翻转着,呼吸停住……他摘下望远镜,低下头,便……阿嚏!诸位看见,他打了个喷嚏。不管是谁,也不管是什么地方,打喷嚏是不被禁止的。农夫打喷嚏,警察局长也打喷嚏,就连三品文官有时也打喷嚏。大家都打喷嚏。切尔维亚科夫丝毫不感到难为情,拿手绢擦了擦脸,像有礼貌的人那样,向周围瞧了一眼,看看自己的喷嚏是否打扰了别人。可就在此时,他不安起来了。他看见坐在他前面第一排的一个小老头儿正用手套使劲地拭擦自己的秃头和脖子,并小声嘟囔着。切尔维亚科夫认出这个小老头儿是在交通部任职的文职将军勃里兹扎洛夫。

"我打喷嚏溅到他身上了!"切尔维亚科夫想,"他虽不是我的上司,而是别的部门的人,但终究使人尴尬,应该去赔个不是才对。"

"对不起，大人，我打喷嚏溅到您身上了……我不是有意的……"

"没关系，没关系……"

"看在上帝面上，请您原谅。我本来……我是无意的！"

"哎呀，请您坐下吧！让我听戏！"

切尔维亚科夫感到很难为情，傻笑着，开始看着舞台。他虽然在看，但已索然无味了。惶恐不安的心情开始折磨他。等到休息时，他便跑到勃里兹扎洛夫跟前，挨近他，克制着畏葸心情，低声地说：

"我打喷嚏溅到您身上了，大人……请您原谅，我本来……这不是……"

"哎呀，够了……这事我已经忘记了，而您还没完没了！"将军说道，下嘴唇不耐烦地抖动了一下。

"忘记了，可他的眼睛里却有一种凶兆。"切尔维亚科夫想道，狐疑地看着将军，"他连话都不想说。需要向他解释清楚，我完全是无意的……这是自然规律。否则他会以为我是有意啐他。他现在不这么想，过后也会这么想的……"

回到家里，切尔维亚科夫把自己不礼貌的举止告诉了妻子。他觉得妻子对所发生的这件事过于轻率：她先是大吃一惊，后来得知勃里兹扎洛夫是"别的单位的人"，就放心了。

"好歹你还是去道个歉吧！"她说，"他会以为你在公共场合不善于控制自己！"

"说的是啊!我道歉了,可他不知为什么有点怪……连一句中听的话也没有说,不过当时也没有工夫交谈。"

第三天,切尔维亚科夫穿上新的文官制服,理了发,便到勃里兹扎洛夫家里去解释……走进将军的客厅,看见那儿有许多求将军办事的人,将军本人就在他们中间,他已经开始接受他们的呈文了。将军询问了几个请求人之后,便抬起眼睛看切尔维亚科夫。

"大人,要是您还记得起来的话,昨天在'快乐之邦'戏院,"庶务官开始报告说,"我打了个喷嚏,于是……无意中溅到了您……对不起……"

"多么肤浅的思想……上帝知道是怎么一回事!您有什么事?"将军对下一个请求办事的人说。

"他连话都不愿意跟我说!"切尔维亚科夫想道,脸色苍白,"就是说,他生气了……不行,这事不能就此丢下……我得去向他解释……"

当将军同最后一个求他办事的人谈完话,正朝室内走去时,切尔维亚科夫迈一步跟在他的后面,低声地说:

"大人,即或我斗胆地打搅了您,那我也可以说完全是出于悔过的心情……不是有意的,您要了解才好!"

将军做出哭丧的脸,一挥手说:

"您简直就是在开玩笑,先生!"他说完便走到门后面去了。

"这怎么是开玩笑呢?"切尔维亚科夫想了想,"这里毫无开玩笑的意思!一位将军,却不能理解!既然是这样,我就再也不向这个爱夸口的人赔不是了!去他的吧!我给他写封信,再也不来了!真的,再不来了!"

切尔维亚科夫这样想着走回家去。他给将军的信没有写成。他想啊,想啊,无论如何也想不好这封信怎么写,只好第二天亲自去解释。

"我昨天才打搅了大人,"当将军抬起探询的眼睛看着他时,他低声说道,"并不是像您说的那样为了开玩笑,我是来赔不是的,因为我打喷嚏时,溅到您身上……至于开玩笑嘛,我连想都没有想过。我敢开玩笑吗?如果我们开玩笑,那就意味着我对要人……没有一点敬意了……"

"滚出去!"将军突然大喊一声,脸色发紫,全身颤抖起来。

"什么?"切尔维亚科夫低声问道,吓得发呆了。

"滚出去!"将军跺起脚来,重复一遍。

切尔维亚科夫肚子里好像什么东西掉了下来。他什么也看不见,什么也听不见,倒退到门口,走到街上,步履蹒跚……机械地回到家里,没有脱去制服,躺在沙发上,就……死了。

(1883年)

胖子和瘦子

两位朋友在尼古拉耶夫斯基铁路的火车站相遇了：他们俩一个胖，一个瘦。胖子刚刚在火车站吃过饭，他的嘴上还油亮亮的，像成熟的樱桃。他的身上有一股雪莉酒和橙花的味道。瘦子刚刚走出车厢，手拎肩扛着几个行李箱、包袱和纸盒。他的身上有一股火腿和咖啡渣的味道。在他背后瘦瘦的、长下巴的女人是他的妻子，高个儿的、眯缝着眼睛的中学生是他的儿子。

"波尔菲里！"胖子看见了瘦子，高声说，"亲爱的！是你吗？好久不见了！"

"老天爷！"瘦子惊讶道，"米沙！小时候的伙伴！你打哪儿来？"

这一对朋友互相吻了三次，凝视着对方的双眼，热泪盈眶。二人皆是既惊又喜。

"亲爱的！"吻过之后，瘦子说道，"真没想到！真是意外之喜！好好看着我！你跟以前一样，还是那个美男子！仪表堂堂，穿戴得多讲究！哎呀，先生！你怎么样？发财了？结婚了？正如你所见，我已经结婚了……这就是我的妻子，路易莎，娘家姓万岑巴赫……是个路德教教徒……这是我的儿子纳法奈尔,是个三年级的学生。纳法奈尔,这是我小时候的朋友!在中学一起上学来着!"

纳法奈尔犹豫了一下,脱下了帽子。

"在中学一起上过学!"瘦子继续说,"你还记得吗,他们怎么取笑你的?他们叫你赫洛斯特拉特,因为你用香烟烧了公家的书,叫我厄菲阿尔特,因为我爱告状,哈哈……多么孩子气!别害怕,纳法奈尔!走近一点……这是我的妻子,娘家姓万岑巴赫……是个路德教教徒……"

纳法奈尔犹豫了一下,躲在了父亲的身后。

"朋友,过得怎么样?"胖子兴高采烈地看着朋友问,"在哪儿工作?升官了吗?"

"在当官,亲爱的,当上八等文官已经一年多了,得了斯坦尼斯拉夫勋章。薪水不怎么样……随便吧!妻子在教音乐课,我业余时间用木材做烟盒。顶好的烟盒!每个卖一卢布。如果谁买十个或者更多,那么就有折扣。勉强糊口而已。要知道,以前在部里当科长,现在我被调到这里同一类机关里当科长……以后在这里工作。喏,你呢?想必,已经是五品文官了吧,啊?"

"不,亲爱的,还要稍微再说得高一点,"胖子说,"我已经是三等文官了……拥有两枚星章。"

瘦子顿时脸色煞白,呆若木鸡,但是他的脸上马上就绽放出了一个大大的笑容,好像从他的脸上和眼睛里迸发出了火花。他的身体缩成了团,佝偻着,蜷缩着……他的行李箱、包裹和纸箱也缩成了团,皱了起来……妻子的长下巴变得更长了,纳法奈尔挺直身子,扣好上衣的所有纽扣……

"大人……这真是我莫大的荣幸!容我冒昧地说一句,童年的伙伴突然成了达官贵人了!嘿嘿嘿。"

"哎,得了吧!"胖子微微皱眉,"干吗这个语气?我们是小时候的朋友嘛,干吗搞官场上阿谀奉承那一套!"

"请您饶恕……"瘦子谄媚地笑了起来,身体蜷缩得更厉害了,"大人仁慈的关怀……好似宜人的甘露,大人,这是犬子纳法奈尔……拙荆路易莎,某种形式上而言,是路德教教徒……"

胖子想辩驳什么,但瘦子的脸上写满了崇拜与敬仰,表情甜得发腻,引得三等文官阵阵作呕。他转过脸不去看瘦子,与他握手告别。

瘦子握了胖子的三个手指,九十度鞠躬,谄媚地笑了起来,妻子赔着笑脸。纳法奈尔鞋跟相碰作响,立正站好,帽子不慎掉落。一家三口都又惊又喜。

变色龙

奥楚梅洛夫警官穿着新的军大衣，手里拿着一小包东西，穿过集市的广场。他后面跟着一个棕黄色头发的警士，警士提着一篮子盛得满满的没收来的醋栗。周围一片静寂……广场上一个人也没有……小铺子和小酒店敞开的大门，沮丧地面对这个世界，就像是一张张饥饿的大嘴。店铺附近连乞丐也没有。

"可恶的东西，你竟敢咬人！"奥楚梅洛夫忽然听见有人说话，"伙计们，别让它跑了！如今咬人可不行！捉住它！喂……喂！"

街上响起了狗的尖叫声。奥楚梅洛夫朝那边一看：一条狗正从商人毕丘金的木柴场里蹿出来，它用三条腿在跑，边跑边不断地回头看。有一个穿着浆硬了的花布衬衣和开襟坎肩的人在后面追赶着它。他身体向前一倾，扑倒在地，抓住了狗的后腿。街上再次传来了狗的尖叫声和人的喊声："别让它跑了！"从小铺里探出一张张没有睡醒的脸孔。很快地在木柴场门口便聚集了一群人，他们好像是从地底下钻出来的。

"长官，好像是出了什么乱子！……"警士说。

奥楚梅洛夫向左半转弯，快步向人群走去。在木柴场门口，他看见了上述那位穿开襟坎肩的人站在那里，他举起右手，把血淋淋的手指给群众看。他那张半醉的脸让人一看就明白他很激动："我要剥你的皮，坏蛋！"而且那手指本身就是胜利旗帜的见证。奥楚梅洛夫认出这个人是金首饰匠赫留金。在人群中央的地上坐着这场乱子的肇事者——一条白色小狗崽，它尖脸，背上有一块黄斑，两条前腿叉开，浑身颤抖，在其含泪的眼睛里流露出一种苦闷和恐惧的表情。

"这里出了什么事？"奥楚梅洛夫钻进人群里，问道，"你们在这里干吗？你伸着手指干吗？……谁在叫喊？"

"长官，我走着路，没有招谁惹谁……"赫留金用拳头顶着嘴咳嗽，开口说，"我跟米特里·米特里奇正在谈买卖木柴的事，突然，这头畜生竟无缘无故地咬了我的手指……对不起，我是要干活的人……我的活儿是很细致的，得给我赔偿才行。也许我这个手指一星期都不能干活了……长官，在法律上也没有这一条，说是人被畜生咬了还得忍着……要是人人都遭狗咬的话，那就不如不在这世界上活了……"

"哼！好吧……"奥楚梅洛夫严厉地说，咳嗽着，皱了皱眉头，"好……这是谁家的狗？这事我不会不管。我要给那些放狗咬人的人一点颜色看！现在该管一管那些不愿遵守法令的老爷了！等这个恶棍被罚了款，他才会晓得，把狗和其他野牲口放出来会有什么后果！我要给他一点厉害看看!……叶尔兑林,"警官对警士说,"你去打听一下,这是谁家的狗,给我报告!这条狗必须杀掉,不得拖延!它大概是一条疯狗……我问你们,这是谁家的狗?"

"这好像是日加洛夫将军家的狗!"人群中有一个人说。

"日加洛夫将军家的?嗯……叶尔兑林,你将我的大衣脱下来……不得了,天气真热!大概就要下雨了……只是我有一点不明白,它怎么会咬你的呢?"奥楚梅洛夫对赫留金说,"难道它够得着你的手指头吗?它很小,而你呢,却是身躯魁梧、体格健壮的人!你的手指大概是被小钉子扎破了,后来却想出了这一招:勒索人家一笔钱。你呀……谁都知道你是什么人!我很了解你们这些魔鬼!"

"他,长官,他为了取乐,把手卷纸烟打在狗的脸上,而它也是不好惹的,就咬了他……他是个微不足道的人,长官!"

"你胡说,独眼龙!你看都看不见,为什么胡说呢?长官是聪明人,他明白谁胡扯,谁在上帝面前凭良心说话……我要是说谎,就让调解法官审判我好了,法律都有条文……如今大家人人平等……不瞒你说……本人的弟弟就在宪兵队里……"

"别扯啦!"

"不对,这条狗不是将军家的……"警士庄重地说,"将军家里没有这样的狗,他家的狗全都是大猎狗……"

"你了解得准确吗?"

"没有错,长官……"

"我自己也知道,将军家的狗都是些名贵的良种狗,而这条狗,鬼才知道是什么东西!不论是毛色还是模样……完全是下等品种。他家会养这样的狗?你有没有脑子啊?在彼得堡或在莫斯科,这样的狗要是被人碰到了,你知道会怎么样吗?他们才不管什么法律不法律,一会儿就叫它断气了!你,赫留金,吃了苦,这事我不会不管的……需要教训他们一顿!是时候了……"

"不过也有可能是将军家的狗……"警士说出自己的想法,"它脸上又没有写着字……不久前我在他家的院子里就见过这样的狗。"

"没有错,是将军家的!"人群中有人说。

"哼,叶尔兑林老弟,给我穿上大衣……好像起风了……我觉得有点冷……你把这条狗带到将军家去问问他们。你就说,我找到了这条狗,把它送来了……你对他说,以后不要再放它出来了,也许这是一条名贵的狗,若是每个猪猡都把纸烟往它鼻子上扔的话,那么不久就把它毁了。狗是一种娇弱的动物嘛……而你,傻瓜,把手放下!用不着把你那个荒谬可笑的手指摆出来!是你自己有过错!……"

"将军家的厨师来了,我们问问他吧……喂,普罗霍尔!你过来,亲爱的,到这里来!你看这条狗……是你们家的吗?"

"乱猜!我们从来就没有过这样的狗!"

"那就不用多问了，"奥楚梅洛夫说，"这是条野狗，不用多说了……我既然说它是野狗，那它就是野狗……杀了它就是了。"

"这条狗不是我们的，"普罗霍尔继续说，"这是将军哥哥的狗，他不久前来了。我们将军不喜欢这个小东西，但他哥哥喜欢……"

"他哥哥真的来了吗？符拉季米尔·伊万内奇来了？"奥楚梅洛夫问道，脸上露出了动人的微笑，"主啊，你瞧，我还不知道呢！他要来住些日子吧？"

"他要住些日子……"

"你瞧，主啊！……他想念弟弟了……而我还不知道呢！那么这是他的狗？我很高兴……你把它领回去吧……这条小狗还不错……挺伶俐的……它把这人的手指头咬了一口！哈哈哈！……好啦，你干吗还颤抖？嘟噜……嘟噜……小滑头生气了……少有的小狗崽……"

普罗霍尔呼唤小狗，带着它离开了木柴场……那群人则对赫留金哈哈大笑起来。

"我以后再收拾你！"奥楚梅洛夫对他威胁说，一面把大衣裹紧，沿着集市广场，径自走了。

（1884年）

苦恼

我向谁去诉说我的忧伤？……

朦胧的黄昏。大块的、湿润的雪懒洋洋地在刚刚点亮的街灯的周围旋转。屋顶上，马背上，肩膀上，帽子上，铺上了一层又薄又软的积雪。马车夫约纳·波塔波夫全身雪白，像一个幽灵。他坐在车座上，一动也不动，弯着腰，弯到活人的身子所不能再弯的程度了。哪怕是将一大堆雪倒在他身上，他也会觉得没有必要把雪从身上抖掉……他那匹瘦马也是全身雪白，也是一动不动。它那呆然不动的样子、棱角鲜明的外表和像棍子一样挺直的腿，简直就像是一戈比①一块的马形蜜糖饼干。它多半是陷入了沉思。人们硬要它同犁耙分开，离开它已习惯了的灰色的场地，被弄到这充满怪异的灯光、不停的喧闹和熙熙攘攘人群的旋涡中来，那它就不能不心事重重了……

约纳和他的瘦马一动不动地停在那个地方很久了。还在午饭前他们就从大车店里出来，至今还没有拉到一次客。但是在城里，黄昏的暮色降临了，晦暗的街灯已显得活跃

---

① 戈比，俄罗斯等国的辅助货币。

明亮，街道上也更热闹了。

"马车夫，到维堡区去！"约纳听见有人叫他，"马车夫！"

约纳哆嗦了一下，透过黏着雪花的睫毛，看见一个穿着有风帽的军大衣的军人。

"到维堡区去！"军人重说一遍，"你怎么，睡着了吗？到维堡区去！"

约纳拉了一下缰绳，表示同意拉客。于是他肩上和马背上的大片雪撒落下来……军人坐上了雪橇。车夫用嘴唇吧嗒一声，伸长其像天鹅颈般的脖子，稍稍欠起身来，与其说是出于必要，不如说是出于习惯，挥动着鞭子。瘦马也伸长脖子，弯曲着棍子一样的腿，犹豫不决地离开了原地方……

"往哪里闯？你这个怪物！"约纳一开始就听见从黑压压的来回流动的人群中传来了叫喊声，"鬼支使你到哪里去啊？靠右走！"

"你不会赶车！靠右走！"军人生气地说。

一个赶轿式马车的车夫大声呵斥他，一个行人气愤地瞪着他，抖掉袖子上的雪。此人穿越马路时，肩膀撞到了他的马的脸。约纳坐在车座上非常着急，如坐针毡，两个胳膊肘向两边戳，转动着眼睛，就像中了煤气的人一样，仿佛不知道自己在什么地方，也不知道为什么会在这儿似的。

"这些家伙真下流！"军人讥诮地说，"他们这是存心来撞你，或者是要扑到马蹄下面去。他们这是商量好了的。"

约纳回过头来看了看乘客，动了动嘴唇……看样子他想说点什么，但是喉咙里却什么东西也没有吐出来，只听见呼哧声。

"你说什么？"军人问。

约纳歪歪嘴苦笑一下，勉强启动嗓门，才沙哑地说：

"老爷，我的，那个……儿子，这个星期死了。"

"嗯……他是怎么死的？"

约纳掉转整个身子对乘客说：

"谁知道呢？大概是得了热病……在医院里躺了三天就死了……是上帝的意旨。"

"拐弯，魔鬼！"黑夜里有人在喊，"你瞎了眼还是怎么的，老狗，眼睛瞧着点！"

"走吧，走吧……"乘客说，"像这样，我们到明天也到不了。走快点！"

马车夫又伸长脖子，稍稍欠起身来，用一种并不轻松的优雅姿态挥动着马鞭。后来他几次回过头去看他的乘客，可是乘客闭着眼睛，显然是不愿意再听他讲了。他把乘客拉到维堡区后，在一家饭店门口停下来，然后在赶车座位上弯下腰，又一动不动了……湿润的雪又把他和他的瘦马染成了白色。一小时过去了，又一小时过去了……

人行道上走过三个年轻人，他们相互对骂着，套鞋踩得很响。其中两人又高又瘦，第三个是矮小的驼子。

"马车夫，到警察桥去！"驼子用刺耳的颤抖的声音说，"我们共三人……付你二十戈比！"

约纳拉动缰绳，嘴唇吧嗒一声。二十戈比的价钱是不合适的。不过他顾不上讲价了……一个卢布或者五个戈比，如今对他来说都是一样。只要有乘客就行……这几个年轻人推推搡搡，嘴里骂着下流话，走到雪橇跟前，三人一齐去抢座位，马上要解决一个问题：该哪两个人坐着，哪一个人站着？经过好长时间的互骂、耍脾气、责备之后，只好决定：驼子应站着，因为他最矮。

"好，赶车吧！"驼子用刺耳的声音说，对着约纳的后脑壳呼气，"快跑，喂，老兄，瞧你这顶帽子！全彼得堡也找不出比这更糟的了……"

"嘿嘿……嘿嘿……"约纳笑着说，"有什么就戴什么呗……"

"喂，你少废话，赶车吧！你一路就这样走吗？是吗？要挨揍吗？……"

"我的脑袋痛得要裂了……"一个高个子说，"昨天在杜克马索夫家，我和瓦西卡两人喝了四瓶白兰地酒。"

"我不明白，干吗要撒谎呢？"另一个高个子生气地说，"他跟牲口一样撒谎。"

"我要是撒谎，就让上帝惩罚我！我说的是实话……"

"要说这是实话，那么虱子也会咳嗽了！"

"嘿嘿！"约纳笑道，"老爷们真开心！"

"呸！见你的鬼！……"驼子愤怒地说，"你还赶不车,老鬼?难道就这样赶吗?你抽它一鞭子!喏,魔鬼!喏!使劲抽!"

约纳感到自己背后驼子转动身体和说话的颤音。他听见了骂他的话,看见这些人,孤独的感觉就开始慢慢地从他的胸中离去了。驼子骂人,直骂得被一长串过分奇巧的骂人话呛得喘不过气来为止,并突发地咳嗽。两个高个子则谈到某个叫娜杰日达·彼得罗夫娜的女人。

约纳不时回头看看他们,等他们暂时停顿一下说话时,再一次回过头去,嘟哝道:

"我的那个……儿子……这个星期死了!"

"大家都是要死的……"驼子吁了一口气说,咳嗽一阵后,擦了擦嘴,"喂,你赶车吧,你赶车吧!先生们,照这样的走法,我实在受不了啦,他什么时候才能把我们送到呢?"

"那你就朝脖子上……给他一下,稍稍鼓励鼓励他吧!"

"老鬼,你听见没有,我真要揍你的脖子了!跟你们这些人讲客气,还不如走路好了……你听见没有,蛇妖?莫非你根本就不把我们的话当一回事?"

约纳与其说是感到,不如说是听到了他后脑壳上挨打的声音。

"嘿嘿……"他笑道,"这些快活的老爷……愿上帝保佑你们!"

"马车夫,你有老婆吗?"高个子问。

"我吗？嘿嘿……快活的老爷！我的老婆现在，已经长眠地下了……哈哈哈！……就是说，在坟墓里！……我的儿子也死了，而我却活着……怪事，是死神认错了门，本来应该找我，却去找了我的儿子……"

约纳转过头来，想诉说一下他的儿子是怎样死的。可是，这时驼子轻松地吁了一口气，宣布说，谢天谢地，他们终于到了。约纳收下二十戈比后，许久地看着游逛者的背影。随后他们便消失在一个黑暗的大门里。他又成了孤单一人，寂静又向他袭来……刚刚淡化一点的苦恼重又出现了，而且更有力地撑破他的胸膛。约纳的眼睛彷徨而又痛苦地打量着街道两旁川流不息的人群，难道在成千上万人当中就找不到一个肯听他说话的人吗？但是这些人奔走着，既没有注意到他，也没有注意他的苦恼……莫大的苦恼，无边无垠，如果约纳的胸膛崩裂，从里面涌出来的苦恼，大概可以淹没整个世界。然而这苦恼又是人们看不见的。它藏匿在这么一个渺小的躯壳里，就是白天打着火把也看不见它……

约纳瞧见一个拿着小麻袋的扫院子的人，便决定去与他聊一聊。

"亲爱的，现在是几点钟了？"他问。

"九点多了……你干吗停在这里呢？把车子赶走吧！"

约纳把车子赶出几步，便弯下了腰。他完全被苦恼折服了……他认定向别人诉说也没有用了。但是没有过五分钟，他便挺直身子，摇摇头，好像感到了剧烈的痛苦似的。

他拉起缰绳……他忍受不住了。

"回大车店去,"他寻思着,"回大车店去!"

瘦马好像明白了他的意思,开始小跑起来。一个半钟点以后,约纳已经在又大又脏的炉子旁边坐下了。炉台上、地板上和长板凳上,人们已经发出鼾声。空气又臭又闷……约纳瞧着这些熟睡的人,不时地搔搔自己的身体,后悔回来得太早了……

"连买燕麦的钱都还没挣到。"他想,"这就是我苦恼的原因。一个明白事理的人……他既能自己吃饱,也能让自己的马吃饱,这样他就会永远心平气和……"

墙角里一个年轻的车夫起来了,他带着睡意咳嗽一声,向水桶那边走去。

"想喝水吧?"约纳问。

"是啊,想喝水!"

"那您就随便喝吧……而我呢,老弟,我的儿子死了……你听说了吗?就在这星期,在医院里死的……竟有这样的事!"

约纳想看看他的话产生了什么影响,可是什么影响也没看见,年轻人盖上被子,把头也蒙上,睡着了。老头儿叹口气,搔搔身子……他想说话,就像这个青年人想喝水一样。他儿子死了快一星期了,而他还没有跟任何人好好地谈谈这件事……应当有条有理、有板有眼地跟人家谈谈才是……需要讲讲他儿子怎样生病,怎样痛苦,临死前说了些什么话,怎么死的……需要叙述一下儿子下葬的事和后来到医院取回死者的衣服的事。他的女儿阿尼西娅留在乡下……关于她也得讲一讲……是啊，他现在要讲的事还少吗？听到他讲的人应该叹气，叹息，哭泣……跟女人谈谈就更好。说上几句话，她们就会哭起来的。

"去看看马吧，"他想，"睡觉，总是有时间的……别担心，总能睡够的。"

他穿上衣服，走进马厩里，他的马就站在那里。他想到燕麦、干草、天气……当他是一个人的时候，是不能想儿子的……跟别人谈谈他可以，可是要自己去想他，描摹他的模样，那就太难受，太可怕了……

"你在吃草吗？"约纳问他的马，看着它那闪光的眼睛，"你就吃吧，吃吧……既然没挣到买燕麦的钱，那咱们就吃干草吧……是啊……我已经老了，赶车……本应由儿子来赶车，我已经不行了……他才是地道的马车夫……要是他活着就好了……"

约纳沉默了一会儿又继续说："就是这样，老弟，我的小牝马……库兹马·约内奇不在了……他去世了……无缘无故地死了……譬如，现在你有了小驹子，你就是这个小驹子的亲娘了……而突然间，譬如，这个小驹子去世了……你难道不伤心？"

瘦小的马嚼着干草，听着，并在他主人的手上呼气。

约纳说得入迷了，他给它讲述了一切……

（1886年）

万卡

万卡·茹科夫是个九岁的小男孩，三个月前他被送到阿利亚兴鞋匠那里当学徒。圣诞节前夜他没有上床睡觉，等老板和师傅们都外出去做晨祷后，他便从老板们的橱柜里取出一瓶墨水、一支笔尖带锈的钢笔，并在自己面前展开一张揉皱了的纸，动手写信。在写第一个字之前，他几次胆怯地回头望了望门口和窗子，斜眼看了看那模糊不清的圣像和两旁摆满了鞋楦的架子，断断续续地叹着气。纸铺在一条长凳子上，他就跪坐在长凳的前面。

"亲爱的爷爷，康斯坦丁·马卡雷奇！"他写道，"我在给您写信，祝您圣诞节好，愿上帝保佑您一切顺利。我没爹没娘，就剩您一个是我的亲人了。"

万卡把目光投向黑蒙蒙的窗户，窗户上映出了他的蜡烛的影子。他生动地想起自己的祖父康斯坦丁·马卡雷奇——日瓦列夫老爷家的守夜人的模样。这是个身材矮小瘦弱，却又异常灵活机警的小老头儿，年龄在六十五岁左右，有一张老是带笑的脸和一双醉眼。白天他在厨房里睡觉，或是跟厨娘们开玩笑，晚上就穿上肥大的羊皮袄，在庄园四周来回走动，敲着梆子。跟在他后面的是耷拉着脑袋的两条狗，一条老母狗叫"卡什坦卡"，一条公狗叫"泥鳅"。后者得此外号，是因为它毛呈黑色，身体细长，像条伶鼬。这条"泥鳅"是非常恭顺和亲热的，不论见着自己人还是陌生人都同样热情，可是它是靠不住的。在它的恭顺和谦逊背后，却隐藏着最诡谲的奸毒。任何一条狗也不如它善于抓住时机，悄悄地走到人的背后，在腿上咬一口，或者钻进冰窖里偷农民的鸡吃。它已不止一次被人打断了后腿，有两次人家把它吊起来。它每星期都被打得半死，然而它每次都活了下来。

现在祖父也许就站在大门口，眯起眼睛看着乡村教堂鲜红的窗子，或者是用穿着高筒毡靴的脚踩着步子，跟仆人们在开玩笑。他的梆子系在腰上，由于寒冷，他时而拍拍双手，时而缩缩脖子；一会儿在女仆身上捏一把，一会儿又在厨娘身上捏一把，发出老年人的笑声。

"咱们来闻闻鼻烟好吗？"他说，把鼻烟送到女人们的跟前。

女人们闻了鼻烟，打起喷嚏来了。祖父乐得不得了，发出一阵阵笑声，并大声说：

"快擦掉，不然就冻住了！"

他又拿鼻烟给狗闻。卡什坦卡直打喷嚏，扭动着嘴脸，委屈地走到一边去了。泥鳅则出于表示恭顺，没有打喷嚏，只是摇摇尾巴。天气非常好，天空中没有风，空气清澈而新鲜。夜很黑，可是整个村子及其白房顶都清晰可见，从烟囱里冒出来的一缕缕烟雾、蒙上了一层霜而变成了银白色的树木、雪堆都看得清楚。天上满布的星星欢快地眨着眼睛，银河显得如此清楚，好像节日前有人用雪把它洗过擦过似的……

万卡叹了一口气，用笔尖蘸了一下墨水，继续写道：

"我昨天挨了一顿打。老板揪住我的头发把我拖到院子里，用鞋工皮带把我痛打一顿，为的是我在摇他的孩子的摇篮时，一不小心睡着了。上星期老板娘叫我收拾一条青鱼，我先从尾巴上下手，她便抓住青鱼，用鱼头朝我的脸上戳。师傅们也取笑我，支使我到小饭馆去买酒，唆使我去偷老板的黄瓜，老板则随手拿到什么就用什么打我。吃的什么也没有，早上吃面包，中午喝稀粥，晚上还是面包。至于茶和菜汤，那只有老板一家人才能大吃大喝。他们叫我睡在穿堂里。他们的孩子哭起来，我就根本不能睡觉，得去摇摇篮。亲爱的爷爷，您就发发上帝的慈悲吧，带我离开这里，回家去，回村子里去。我再也无法待下去了……我叩头求您了。我将永远为您祈祷上帝，您就带我离开这里吧，否则我就要死了……"

万卡撇着嘴，用黑黑的小拳头揉了揉眼睛，啜泣起来。

"我会给您搓烟叶，"他继续写道，"为您祈祷上帝。要是我做错了事，您就像抽打西多尔的山羊那样抽我吧。如果您觉得我没有合适的事可做，我就去求总管看在基督面上，让我去给他擦鞋，要不就替费季卡去做牧童。亲爱的爷爷，我再也待不下去了……简直就是死路一条了。我本想徒步跑回村子，可我没有皮靴，我怕冻着。等我长大了，我一定报答您、供养您，不让任何人欺侮您；等您死了，我就祈祷上帝，让您灵魂安息，就像为妈妈彼拉格娅祈祷一样。

"莫斯科是个大城市，房子全都是老爷们的。马很多，却没有羊，狗也不凶。这里的孩子不举着星星游玩，唱诗班也不随便让人参加。有一次我看见一个铺子的橱窗里摆着钓鱼钩卖，还带着钓丝，什么鱼都能钓，很不错。有一只钓钩甚至能钓起一普特①重的鲇鱼呢。我还看见一些铺子卖各种枪，跟老爷的枪差不多，每杆枪恐怕得卖一百卢布……肉铺既卖野乌鸡，也卖松鸡和兔子，而这些东西是从哪里打来的呢，掌柜的不肯说。

"亲爱的爷爷，等老爷家摆上挂有礼物的圣诞树时，您就给我摘一个金黄色的小桃子，把它放在一个绿色的小箱子里。您去向奥丽加·伊格纳季耶夫娜小姐要吧，就说是万卡要的。"

万卡抽搐着叹了一口气，又凝视着窗子。他回想起爷爷经常到森林里去给老爷砍圣诞树，还带着小孩子去，那时候可好玩啦！爷爷发出嘎嘎声，寒气发出嘎嘎声，万卡也跟着他们嘎嘎地叫。爷爷去砍树之前，通常总是先吸一袋烟，久久地闻着鼻烟，对万卡开开玩笑……那些小云杉披着霜雪，一动不动地立在那里，等着看谁先被砍死。不知从哪儿突然跑出一只野兔，箭也似的从雪堆上蹿过

---

① 普特，沙皇时期俄国的计量单位之一，1普特≈16.38千克。

去……爷爷便忍不住喊道：

"抓住它，抓住它……抓住它！嘿！秃尾巴鬼！"

爷爷把砍下来的云杉拖回老爷家里，那边就开始把它装点起来……最忙的是奥丽加·伊格纳季耶夫娜小姐，她是特别疼爱万卡的人。万卡的母亲彼拉格娅在世时也在老爷家当女仆，奥丽加·伊格纳季耶夫娜就给万卡吃水果糖，没有事的时候就教他读书、写字，数数到一百，甚至还教他跳卡德利舞。可是彼拉格娅死了后，孤儿万卡就被送到仆人厨房里跟爷爷过了。后来离开厨房又到莫斯科鞋匠阿利亚兴的铺子里来了……

"亲爱的爷爷，您来吧，"万卡继续写道，"我为您向基督上帝祈祷，您带我离开这里吧，您就可怜可怜我这个不幸的孤儿吧，要不我还要挨他们所有人的打，而且我饿得很，烦闷得没法说，老是哭。前几天老板用鞋楦头打我的脑袋，把我打昏在地，好不容易才醒过来。我的生活苦极了，比狗都不如……替我向阿莲娜、独眼龙叶戈尔和马车夫问好，不要把我的手风琴送给别人。您的孙子伊万·茹科夫上。亲爱的爷爷，您来吧！"

万卡把写好的信叠成四折，把它放进信封里。这个信封是他昨天花一戈比买的……他想了一下，用钢笔蘸了蘸墨水，写上地址：

寄乡下爷爷收

然后他搔搔头,想了想,补写上:

康斯坦丁·马卡雷奇

他很高兴,写信时竟没有人来打扰他。他戴上帽子,没有把皮袄披上,只穿着衬衣,就跑出去了……

昨天晚上他向肉铺的伙计们打听过,伙计们告诉他,把信丢进邮筒里,然后醉醺醺的车夫就会驾着邮车把信从邮筒里取出来,带着响亮的铃铛,分送到各地去。万卡跑到最近的一个邮筒跟前,把那封宝贵的信塞进邮筒的缝里……

在一种甜美的希望的催眠下,一小时后他就睡熟了……他梦见了一个炉子,炉子旁边坐着祖父,垂着一双赤脚,在给厨娘们念信……"泥鳅"在炉子旁边摇着尾巴转来转去……

(1886年)

渴睡

夜里,十三岁左右的小保姆瓦丽卡摇着摇篮,摇篮里躺着一个婴儿。瓦丽卡用几乎听不见的声音在哼着儿歌:

睡吧,
睡觉觉,
我来给你哼小调……

圣像前面点着一盏绿色的神灯。房间里从这一角到那一角拉着一根绳子,绳子上晾挂着许多小孩的尿布片和一条肥大的黑裤子。在神灯的照耀下,天花板上现出一个很大的绿色光斑,尿布片和裤子则在炉子、摇篮和瓦丽卡身上投下一个长长的影子……神灯摇晃的时候,光斑和影子便活跃起来,移动起来,好像受了风吹似的。房间里很窒闷,有一股白菜汤的气味和皮靴的皮革味。

婴儿在哭。他早已哭得声音嘶哑而且筋疲力尽了,但还是不停地哭,不知道他什么时候才会停止。而瓦丽卡可是困极了,她两只眼睛睁不开,脑袋往下耷拉,脖子酸痛,不论是眼皮还是嘴唇都不能动一动。她觉得她的脸好像干枯了，变成木头了，脑袋也变小了，小得像根大头针的针头一样。

"睡吧，睡觉觉，"她小声哼着，"我会给你做稀粥……"

炉子里有一只蟋蟀在鸣叫。隔壁房间的房门后面，老板和帮工阿法纳西在打鼾……摇篮抱怨似的在吱吱作响。瓦丽卡仍在小声哼着儿歌——所有这一切汇成一支夜间的催眠曲，你躺在床上听听它，该多么甜蜜。可是现在，这种音乐却只能刺激她，让她难受，因为它催人入睡，而这时她是不可以睡觉的。如果现在瓦丽卡万一睡着了，可不得了，老板定会把她痛打一顿。

神灯闪烁不定，绿色的光斑和影子在移动，爬到瓦丽卡那半闭半开、一动不动的眼睛上来了，在她的半睡半醒的脑子里形成一个朦胧的幻影：她看见一片片漆黑的乌云在天空中互相追逐着，并且像婴儿一样在啼哭。不过现在起风了，乌云消散了，瓦丽卡看见一条布满泥泞的宽阔的马路，一路上运货大车络绎不绝，背着行囊的行人蹒跚地走着。有一些不知是什么的影子忽前忽后地来回闪动着。马路的两旁透过阴森的寒雾可以看见树木。突然间，背着行囊的人们和影子一齐倒在地上的污泥里。"这是为什么？"瓦丽卡问道。"要睡觉，睡觉！"他们回答她说。于是他们便沉沉地睡着了，睡得很香，而停留在电线上的那些乌鸦和喜鹊却像婴儿一样大声啼哭，竭力要叫醒他们。

"睡吧，睡觉觉，我来给你哼小调……"瓦丽卡哼着，这时她已经知道自己是在一个黑暗而闷气的农舍里了。

她已故的父亲叶菲姆·斯捷潘诺夫躺在地板上翻来覆去。她看不见他，但听得见他痛得在地上打滚的声音和呻吟的声音。据他说，那是"疝气发作"，痛起来非常厉害，连一句话也说不出来，只能吸点气，牙齿就像击鼓似的不断打战：

"卜——卜——卜——卜……"

母亲彼拉格娅跑到庄园去找老爷，告诉他叶菲姆快要死了。她已经去了很久，眼下也该回来了。瓦丽卡躺在炉台上，没有睡，而是留心倾听着父亲的"卜——卜——卜"的声音。但很快她就听见有人坐车到农舍这边来了。这是老爷派的一位青年医生来了，这个医生正好从城里到老爷家做客。医生走进农舍，黑暗中看不见他是什么模样，但听得见他的咳嗽声和推门的咔嚓声。

"点上灯。"他说。

"卜——卜——卜……"叶菲姆回答道。

彼拉格娅连忙跑到炉台跟前去找装火柴的破瓦片。静默了一分钟，医生摸了摸口袋，擦亮了一根火柴。

"等一下，老爷，等一下。"彼拉格娅说着，跑出了农舍，不久便拿着一个蜡烛头回来了。

叶菲姆两颊通红，眼睛发亮，目光好像特别尖利，仿佛他既能看透农舍，也能看透医生似的。

"喂，怎么样？你这是想干什么？"医生弯下腰对他说，"咳，你这病很久了吗？"

"什么，老爷？我要死了，老爷，大限到了……我不久于人世了……"

"你别胡说……我会把你治好的！"

"那就听您的吧，老爷，感激不尽。不过我也明白，既然要死了，那也没有办法。"

医生给叶菲姆诊断了一刻钟，然后直起腰来说：

"这病我无法治……你要到医院去，在那里他们会给你做手术，马上就去……一定要去！再晚一点，医院里的人就都睡了。不过，没关系，我给你写张纸条就是了。你听见没有？"

"可是，老爷，他怎么上医院去呢？"彼拉格娅说，"我们没有马。"

"不要紧，我去请求你的主人，他会给你马的。"

医生走了，蜡烛熄灭了，又响起了"卜——卜——卜"的声音。半个钟头后，有人赶着车来到农舍。这是主人派来送病人去医院的一辆小板车。叶菲姆收拾一下行装，便上医院去了……

一个美好、晴朗的早晨马上就要开始了。彼拉格娅不在家，她到医院打听叶菲姆的病情去了。不知什么地方有个婴儿在哭。瓦丽卡听见有人用她的声音在吟唱：

睡吧，
　睡觉觉，

我来给你哼小调……

彼拉格娅回来了,她在胸前画十字,并小声说:

"夜里,他们给他做了手术,可是到早晨,他就把灵魂交给上帝了……但愿他升入天堂,永远安息……他们说,病治得太晚了……本该早点治才对……"

瓦丽卡跑到树林里去,在那里哭泣。不过突然有人朝她后脑壳猛击了一下,使她一头撞在桦树上。她抬起眼睛一看,鞋匠(即她的老板)就站在她面前。

"你这是怎么搞的,可恶的丫头?"他说,"孩子在哭,你却在睡觉?"

他狠狠地拧她的耳朵。她甩甩头,接着就摇起摇篮来,并哼那首儿歌。绿色的光斑、裤子和尿布的影子在摇晃,在她面前闪烁,这些东西很快又控制了她的脑子,于是她又看见了那条布满泥泞的马路。背着行囊的人们和影子已经躺下,并且沉沉地睡着了。瓦丽卡看着他们,也非常想睡觉。舒舒服服地躺下去多好啊。可是母亲彼拉格娅就在她身旁,并催促她快走。她们俩要赶快进城去找活干。

"看在基督分儿上,施舍一点吧!"母亲见人便央求道,"行行好吧,善心的老爷!"

"把孩子抱过来!"一个熟悉的声音回答她说,"把孩子抱过来!"那个声音又重复了一遍,不过这回是又生气又尖刻了,"你睡着了,贱丫头?"

瓦丽卡跳了起来,向四周张望了一下,才明白是怎回事。既没有马路,也没有彼拉格娅,更没有碰到的行人,只有老板娘一个人站在房间中央,她是来给自己的孩子喂奶的。在这个身材矮胖、肩膀很宽的老板娘喂奶和哄孩子睡觉的时候,瓦丽卡便站在那里瞧着她。等到她喂完奶后,窗外的空气已变蓝了,天花板上的影子和绿色光斑也已明显变白:早晨就要来临了。

"接过去!"老板娘一面说,一面系好胸前衬衫的扣子,"他老哭,准是被毒眼看坏的。"

瓦丽卡接过孩子,把他放在摇篮里,又开始摇起来。绿色的光斑和影子渐渐消失了,再也没有什么东西钻进她的脑袋,使她头脑发晕了,可她还是像以前那样很想睡觉,困得要命!瓦丽卡把头搁在摇篮边上,用全身力量摇它,想把瞌睡压下去。但是,眼皮仍旧粘在一起,脑袋还是昏昏沉沉的。

"瓦丽卡,生炉子去!"门后面传来了老板的声音。

就是说,已经到了起床的时间,要开始干活了。瓦丽卡撂下摇篮,跑到棚子里去搬木柴。她很高兴,因为跑一跑,走一走,就不像坐着那么想睡觉了。她抱回木柴,生起炉子,便觉得那麻木了的脸又舒展起来了,思想也清晰了。

"瓦丽卡,把茶炊搁上去!"老板娘喊道。

瓦丽卡劈了一些碎木片,刚把它点着,送进炉子里,又听见了新的命令:

"瓦丽卡,去把老板的套鞋擦擦干净。"

她在地板上坐下来擦套鞋,并且在想:要是把头伸进这又大又深的套鞋里去,在里面小睡一会儿,该多好啊……突然,套鞋长大起来,膨胀起来,填满了整个房间。瓦丽卡丢下刷子,但立刻又摇摇头,瞪大眼睛,努力看住这些东西,免得它们长大和在她眼前晃动。

"瓦丽卡,去把外面的楼梯洗一洗,否则让顾客看见多不好意思!"

瓦丽卡便去洗楼梯,去收拾房间,然后再生另一个炉子,跑小店去买东西。活儿太多,连一分钟的空闲时间都没有。

不过,最难受的还是站在厨房桌子跟前削土豆皮:脑袋往桌子上耷拉,土豆在眼前滚动,刀子从手里掉下来,而那个爱生气的矮胖的老板娘卷起袖子在她身旁走来走去,说话是那么大声,弄得耳朵嗡嗡直响。伺候他们吃饭、洗衣服、缝补衣服同样也是苦差事。有时候真想什么事都不管,就躺在地板上睡它一觉。

一天就要过去,眼看窗户正在暗下来。瓦丽卡按住自己那麻木了的太阳穴,微笑着,连她自己也弄不清笑什么。黄昏的幽暗抚摸着她那已经睁不开的眼睛,许诺她不久就可以酣睡一顿了。晚上老板家里来了一些客人。

"瓦丽卡,把茶炊烧上!"老板娘喊道。

老板家的茶炊很小,招待一次客人,得烧上五次茶。他们喝完茶之后,瓦丽卡还得在原地呆呆地站上一个小时,伺候客人,等待吩咐。

"瓦丽卡,快跑去买三瓶啤酒来!"

她拔腿就跑,而且跑得尽量快一些,才能驱走瞌睡。

"瓦丽卡,快跑去买瓶伏特加酒!"

"瓦丽卡,开塞器在哪儿?"

"瓦丽卡,去把鲱鱼收拾干净!"

最后,客人终于走了,灯也熄灭了,老板夫妇便回房睡觉去了。

"瓦丽卡,摇孩子的摇篮去!"传来了最后一道命令。

一只蟋蟀在炉子里鸣叫。天花板上的绿色光斑、裤子和尿布的影子又在瓦丽卡半闭半开的眼睛里爬动,闪闪烁烁,使她头脑发晕。

"睡吧,睡觉觉,"她小声哼着,"我来给你哼小调……"

而婴儿却不停地哭,哭得声嘶力竭。瓦丽卡重又看见了那条泥泞路、背着行囊的人、彼拉格娅、父亲叶菲姆。她什么都明白,所有的人她都认得,但在半睡半醒中,就是闹不清楚,是什么力量捆住了她的手脚,压得她喘不过气来,不让她活下去。她环顾四周,在寻找这种力量,希望能从中解脱出来。可是找不到。后来,筋疲力尽的她,使出全身力气和视力,望着上面那个闪闪烁烁的绿色光斑,听着婴儿的哭声,终于看清了那个妨碍她活下去的敌人。

这敌人——就是这个婴儿。

她笑了。她感到奇怪的是,这么一件小事以前怎么就不明白呢?那些绿色的光斑、影子和那只蟋蟀好像也在笑,也感到奇怪。

一个邪念控制了瓦丽卡。她从凳子上站起身来，咧开大嘴笑着，连眼睛也不眨一下，在房间里踱起步来。由于想到马上就可以摆脱这个束缚她手脚的婴儿，她觉得非常愉快，心里痒酥酥的……弄死这个婴儿，然后就睡觉，睡觉，睡觉……

瓦丽卡笑着，挤挤眼，用手指威胁着绿色的光斑，悄悄地走到摇篮跟前，弯下腰凑近婴儿。她把婴儿掐死之后，迅即躺在地板上，高兴得大笑起来，因为她终于可以睡觉了。一分钟后，她已熟睡得像死人一样了……

跳来跳去的女人

一

在奥丽加·伊万诺夫娜的婚礼上，她的所有朋友和相识都来了。

"你们看看他，不是也挺不错吗？"她朝她丈夫那边点点头，对自己的朋友们说，好像是在解释，她为什么嫁给这个普通的、非常平凡的、毫不出众的男人似的。

她的丈夫，奥西普·斯捷潘内奇·狄莫夫是一位医生，九品文官的官阶，在两所医院里任职：在一所医院里当编外主任医生，在另一所医院里任解剖师。每天从早上九点到中午在门诊部接待病人，查看病房，下午坐马车到另一所医院去解剖死去的病人。他也私人行医，但收入很菲薄，一年也就五百卢布罢了。关于他的情况，还能说些什么呢？但是，奥丽加·伊万诺夫娜及她的朋友和相好却不是十分平凡的人，他们每一个人都有一些出众的东西，而且都有点名气，有的已经成名，被看作是名流了，或者即使还没有成为名流，以后也有光明灿烂的前程。教奥丽加·伊万诺夫娜朗诵的就是一个话剧院的演员，他早就是被公认的天才，是一个优雅、聪明而且谦虚的人，也是出色的朗诵家。另一位是歌剧演员，温厚的胖子，他叹着气地对奥丽加·伊万诺夫娜说，她会毁掉自己。但如果她不那么懒，能把握自己的话，将来会成为出色的歌唱家。此外有几位画家，其中打头的是风俗画家、动物画家兼风景画家里亚博夫斯基，他是一位非常漂亮的金发青年，二十五岁左右，他举办过成功的画展，他最近画的一幅画竟卖出五百卢布的价位。他修改了奥丽加·伊万诺夫娜的一些画稿，说她将来很可能有出息。其次有一位拉大提琴的音乐家，他能让自己的大提琴发出哭泣的声音，他公开宣称，在他认识的所有女人当中，能够给他伴奏的只有奥丽加·伊万诺夫娜一人。再其次是一位文学家，他虽然年轻，却已经出名，写出了中篇小说、剧本和短篇小说。还有谁？对，还有瓦西里·瓦西里奇，他是贵族、地主、业余插画家和小花饰画家，极其喜欢古俄罗斯风格、民谣和史诗，他在纸上、瓷器上和熏制的盘子上真正创造出了奇迹。这些自由自在并被命运宠坏了的艺术家，虽然很客气很谦虚，但只有在他们生病的时候，才会想起世间还有医生的存在，而且在他们听起来，狄莫夫这个姓就跟西多罗夫或塔拉索夫差不多。在这伙人当中，狄莫夫是个陌生的、多余的、矮小的人，虽然他个子很高，肩膀很宽。他们觉得，他看起来好像是穿着别人的礼服，长着小伙计的胡子，但是，如果他是个作家或者画家的话，那他们就会说，他的胡子使人想起左拉了。

有位演员对奥丽加·伊万诺夫娜说，她配上她那亚麻色的头发，穿上结婚礼服的话，宛若一棵春天开满了娇嫩白花的端庄挺拔的樱桃树。

"不，您听着！"奥丽加·伊万诺夫娜拉着他的手说，"这事是怎样突然发生的呢？您听着，听着……我要告诉您，当时我父亲与狄莫夫同在一个医院里做事。可怜的父亲生病了，狄莫夫几天几夜守在他的床边。多大的自我牺牲啊！里亚博夫斯基，您听着……还有您，作家，也听着。这是很有意思的。您过来，靠近一点。多大的自我牺牲啊，真诚的关心！我也几夜没有睡觉，坐在父亲身边。突然，您瞧，公主赢得了英雄的心！我和狄莫夫狂热地恋爱了。的确，命运往往就是这么离奇古怪。父亲死后，他常来看我，有时也在街上遇上我。在一个非常美好的傍晚，他突然向我求婚了……真是意外……我哭了一个晚上，结果我自己也难堪地坠入了情网。而现在，正如你们看到的，我已成了他的妻子。他身上有某种强大的、有力的、像熊一样的东西，是不是呢？现在他的脸四分之三对着我们，看不大清楚，但是当他转过脸来时，你们看他的脑门吧。里亚博夫斯基，您说说看，他的脑门怎么样？狄莫夫，我们在说你呢！"她向着丈夫喊了一声，"你过来，把你诚实的手伸给里亚博夫斯基……这就对了，你们会成为朋友。"

狄莫夫温厚而又纯朴地微笑着，把手伸给里亚博夫斯基，并且说：

"非常高兴。跟我同班毕业的一个人也姓里亚博夫斯基,他不会是您的亲戚吧?"

二

奥丽加·伊万诺夫娜二十二岁,狄莫夫三十一岁。结婚后他们日子过得很好。奥丽加·伊万诺夫娜在自己客厅的墙上挂满了自己的和别人的画稿,有的配了画框,有的没有配。在钢琴和家具的旁边,她用中国的洋伞、画架、五颜六色的布片、短剑、半身雕像、照片等布置了一块漂亮的小天地。在饭厅里,她用民间木版画裱糊墙壁,挂上树皮鞋和小镰刀,墙角上放一把双手用的大镰刀和一把草耙。这样就有了一个富于俄罗斯韵味的饭厅。在卧室里,她为了把房间布置得像个洞穴,便把天花板和墙壁全蒙上黑呢布,在两张床的上空架一盏威尼斯式的灯,门的旁边安上一个手执长柄斧的假人。大家都认为,这对年轻夫妇有一个很温馨的小窝。

奥丽加·伊万诺夫娜每天十一点钟起床后,先是弹弹钢琴,或者,天气好的话,也画点油画,然后在十二点多钟时,便去找女裁缝。由于她与狄莫夫钱不多,刚够维持生活,所以她和女裁缝不得不绞尽脑汁,为了经常有新衣服穿,漂漂亮亮,引人注目,她常利用一些不值钱的零头边角、花边毛绒、绸缎,把一些重新染过的旧衣服加以改装,真的就能创造奇迹,缝制出使人入迷的东西来,简直不是衣服,而是梦幻。从女裁缝那里出来,奥丽加·伊万诺夫娜照例坐车到她认识的一个女演员那儿去，打听剧院的新闻，顺便弄几张初次上演的新戏或福利演出站的戏票。从女演员家里出来，她还得到某某画家的画室去，或去看画展，然后又去看一位名流——要么是人家邀请的，要么是回访，要么干脆去聊聊天。到哪里她都受到亲切的欢迎，友爱地称她好可爱，了不起……被她称为名人和伟人的那些人都把她当作亲人招待，平等相处，一致地预言：凭她的天才、鉴赏力和智慧，只要她不分心，必将有所成就。她唱歌，弹钢琴，画油画，雕刻，参加业余演出，但她做这一切都不是随便的表现，而是才华的显示。不管是扎彩灯，梳妆打扮，还是给人系领带，她都做得非常有艺术性、优美、可爱。不过，她的才能表现得最好的方面，还在于她善于很快地结识名人，迅速地跟他们混得很熟。只要是某个人有点名气，能让人们谈起他，她马上就去结识这个人，当天就跟他交成朋友，并请他到自己家里来。对她来说，任何新的结交都是一件真正的喜事。她极其崇拜名人，为他们感到骄傲，而且每天晚上都梦见他们。她非常渴慕他们，而且这种渴慕永远不能满足，旧的名人过去了，被忘掉了，便由新的名人代替他们。不过对这些新名人，她很快就习以为常了，或者是失望了，于是又开始热烈地寻找新人和新伟人，找到以后又找。为什么呢？

快到五点钟时她与丈夫在家里吃饭。丈夫的质朴，他的健康的思想，他的温厚都使她感动、高兴，她有时会跳起来，冲动地抱住他的头，不停地吻他。

"你啊，狄莫夫，是个聪明的高尚的人。"她说，"但你身上有一个非常严重的缺点：你对艺术完全不感兴趣，你否定音乐和绘画。"

"我不懂它们！"他温和地说，"我一辈子都从事自然科学和医学工作，我没有工夫对艺术感兴趣。"

"可是，要知道，这是很不好的，狄莫夫！"

"为什么？你的朋友们不懂得自然科学和医学，可你并没有因此而责怪他们。各人有各人的事。我不懂得风景画和歌剧，不过我是这样想的：如果有一些聪明人为它们奉献自己一生，而另外一些聪明人则花一大笔钱去买它们，那就是说，它们是有用的。我不懂它们，但是，不懂并不意味着否定。"

"来，让我握一握你的诚实的手。"

午饭后，奥丽加·伊万诺夫娜去看望熟人，然后去戏院或音乐厅，而回到家里时，已经是后半夜了。天天如此。

每逢星期三，她家里都要举办晚会。在这些晚会上，女主人和客人不玩纸牌，也不跳舞，而是津津乐道于各式各样的艺术：剧院演员朗诵，歌剧演员唱歌，画家们在各种纪念册上作画（奥丽加·伊万诺夫娜有许多类似的纪念册），大提琴家拉琴。女主人也作画、雕刻、唱歌、伴奏，在朗诵、演奏、唱歌间歇时，他们便谈论文学、戏剧、绘画，并且争论不休。这里没有女人，因为奥丽加·伊万诺夫娜认为，所有的女人，除了女演员和自己的女裁缝外，都是乏味的、庸俗的。每次晚会都出现这样的事：女主人一听见门铃响，就吃惊似的现出得意的表情说："这是他！"这个所谓的"他"，是指某个应邀而来的名流。狄莫夫不在客厅里，而且谁也想不起他的存在。不过一到十一点半，通向饭厅的门就开了，狄莫夫总是带着好心的、温和的笑容走出来，搓搓手说：

"先生们，请吃点东西。"

大家来到饭厅里，而且每回在桌上看到的都是那些东西：一盘牡蛎、一块火腿或小牛肉、沙丁鱼、奶酪、鱼子酱、蘑菇、伏特加酒和两瓶葡萄酒。

"我的亲爱的管家！"奥丽加·伊万诺夫娜高兴得合起手掌说道，"你简直可爱极了！先生们，你们看看他的脑门吧！狄莫夫，你把脸转过来。先生们，你们看，他的脸活像孟加拉国的老虎，而他的表情却像善良可爱的鹿。呜，亲爱的！"

客人们一边吃，一边看着狄莫夫。他们在想："他真是一个好人！"不过他们很快就把他忘了，继续谈论着戏剧、音乐和绘画。

这对年轻夫妇很幸福，他们生活得很惬意。不过他们蜜月的第三周却过得并不美满，甚至是悲伤的。狄莫夫在医院里染上了丹毒，卧床六天，并且只好把他那头美丽的黑发剃光。奥丽加·伊万诺夫娜坐在他的身边，并痛苦地哭了。不过，当他的病好一些后，她便用一块白头巾把他剃光了的头包起来，并把他扮成一个游牧的阿拉伯人。两人都感到非常快乐。他病愈后又到医院上班，但三天后，他又发生了倒霉事。

"我真不走运,奥丽加!"有一天吃午饭的时候他说,"今天我做了四个解剖,同时划破了两个手指,而且直到回家后我才发觉。"

奥丽加·伊万诺夫娜吃了一惊。他却笑着说,不要紧,小事一桩,并且说,他做解剖时常常划破手指。

"奥丽加,我工作太投入时,就变得大意了。"

奥丽加·伊万诺夫娜担心他受尸体的感染,天天晚上都向上帝祷告,不过后来总算没有出事,又过着其平和而幸福的生活,无忧无虑。目前他们的生活很美好,而且很快就到春天了,它已经在远处微笑,许下了一千件开心事。幸福是无止境的!四月,五月,六月,到城外远郊的别墅去,游玩,速写,钓鱼,听夜莺唱歌,然后,从七月到秋天,画家们便到伏尔加河去旅行。这次旅行,奥丽加·伊万诺夫娜将以这个团体不可或缺的身份参加。她已经用亚麻布为自己缝制了两套旅行服,买了旅行用的颜料、画笔、画布和新的调色板。里亚博夫斯基几乎天天都来找她,看看她在绘画方面有些什么成绩。每当她拿画给他看时,他都双手深深地插进衣兜里,紧抿着嘴,呼哧着说:

"是的……您这朵云正在叫喊:它不是被夕阳照亮的那朵云。您这幅画的前景好像被吃掉了,而且,您明白吗,有些东西不是那回事……您那个小木房有点不透气,悲戚地吱吱叫着……那个屋角要画得暗一些。不过总的说还不错……我很欣赏。"

他越是说得不明白,奥丽加·伊万诺夫娜就越容易理解他。

三

降灵节的第二天,午饭后,狄莫夫买了一些小吃和糖果,就到别墅看妻子去了。他有两周没见到她了,非常惦念。他是坐火车去的,下车后在大片树林里寻找自己的别墅。他一直感到又饿又累,头脑里却幻想着,一会儿他将多么自由自在地跟妻子一起吃顿晚餐,然后就睡个大觉。看着自己带来的那个装着鱼子酱、奶酪和白鲑鱼的小包,他心里感到很高兴。

当他找到别墅,认出是它的时候,太阳已经落山了。一个老女仆对他说,太太不在家,大概很快就能回来。别墅的外观很难看,天花板很矮,用写字纸裱糊着,地板凹凸不平,全是裂缝,只有三个房间,一个房间里放着床,另一个房间里桌子上和窗台上随便堆着画布、画笔、脏纸和男人的大衣及帽子,在第三个房间里,狄莫夫看见三个不认识的男人,其中两人是黑头发,留着胡子,第三个则刮光了脸,很胖,看样子是个演员。桌上茶炊的水已经开了。

"您有什么事吗?"演员嫌恶地看着狄莫夫,用男低音问道,"您要找奥丽加·伊万诺夫娜吗?请等一等,她很快就回来了。"

狄莫夫坐下来等着。一个黑头发的男子没有睡醒似的、无精打采地瞧着他,给自己倒了杯茶,问道:"或许,您是想喝茶吧?"

狄莫夫又饥又渴,不过,为了不破坏晚餐的胃口,他拒绝了茶。很快他就听见了脚步声和熟悉的笑声。门一响,奥丽加·伊万诺夫娜就踏进屋里来了。她戴一顶宽边草帽,手里提着一个盒子,跟在她后面进来的是快活的红光满面的里亚博夫斯基,他拿着一把大洋伞和一个折凳。

"狄莫夫!"奥丽加·伊万诺夫娜叫起来,高兴得满脸通红,"狄莫夫!"她又叫了一遍,把脑袋和双手都靠在他的胸口上,"这是你吗!你为什么那么久不来?为什么?为什么?"

"我哪里有时间呢,奥丽加?我老是那么忙,而当我有空闲的时候,火车的钟点又老是不对头。"

"不过,看见你,我是多么高兴啊!我整夜整夜地梦见你,而且我还担心你害了病。啊哟,你并不知道,你是多么可爱,你来得多么及时啊!你就是我的救星,只有你一人能救我!明天这里要举行一个极其别致的婚礼。"她接着说,一边笑,一边替丈夫系好领带,"火车站的年轻电报员要结婚,他姓契凯尔杰耶夫,是一个漂亮的青年。真的,他不笨,你知道吗,他脸上有一种强有力的、像熊一样的表情。我可以把他画成一个年轻的瓦里亚格人。我们所有的避暑客对他都有好感,并答应参加他的婚礼……这个人并不富裕,孤单一人,胆子很小,当然喽,不关心他,是一种罪过。想象一下，做完弥撒就举行婚礼，然后大家从教堂里出来步行到新娘的处所去……知道吗，那是一片小树林，有鸟儿在歌唱，草地上则是光斑点点，而我们大家在绿油油的背景衬托下，也成了五颜六色的斑点，非常别致，有法国印象派的韵味呢。可是，狄莫夫，我穿什么衣服到教堂去呢？"奥丽加·伊万诺夫娜哭丧着脸说道，"我这里什么也没有，真的什么也没有！没有连衣裙，没有花，也没有手套……你得救救我。既然你来了，就意味着命运叫你来救我了。我的亲爱的，你拿着这把钥匙回家去，把衣橱里那件粉红色的连衣裙给我拿来。你是记得的，它就挂在前面……然后在贮藏室右边的地板上，你会看见两个厚纸盒，打开上面那个盒子，里面放着所有的花边和各种布头，下面就是花，小心地把所有的花都拿出来，可别把它们弄皱了。亲爱的，拿来后我要挑选一下……另外还替我买副手套。"

"好，"狄莫夫说，"我明天就回去，派人给你捎来。"

"明天是什么时候了？"奥丽加·伊万诺夫娜惊讶地瞧着他问道，"明天哪里来得及呢？明天的第一班火车十点钟才开，而婚礼十一点就举行了。亲爱的，不行，得今天就去，必须今天去！如果明天你不能来，就派一个人送来。喂，走吧……客运列车立即就要到了，别耽误了，亲爱的。"

"好吧！"

"唉，我多么舍不得放你走啊，"奥丽加·伊万诺夫娜说，眼泪从她眼睛里涌了出来，"我真傻，为什么要许诺那个电报员呢？"

狄莫夫快速地喝了一杯茶，拿了一个面包圈，温厚地笑了笑，便动身到车站去了。那些鱼子酱、奶酪、白鲑鱼全都被两个黑头发的人和胖子演员吃光了。

四

七月里的一个平静的月夜，奥丽加·伊万诺夫娜站在伏尔加河一艘轮船的甲板上，时而望着河水，时而望着美丽的河岸。里亚博夫斯基站在她的旁边，对她说，水中的黑影子，不是影子，而是梦；又说，在他的心目中，这种迷人的水及其梦幻般的亮光，这无底的天空和忧郁而沉思的河岸，都在说明我们生活的空虚，说明有一种最高的、永恒的幸福存在。我们若能忘掉自己，死去，变成回忆，那该多好啊！过去的生活是庸俗的和乏味的，未来也毫无意义，而这个一生中唯一美妙的夜晚也很快就要结束，融化在永恒里——我们为什么要活着呢？

奥丽加·伊万诺夫娜时而听着里亚博夫斯基的说话声，时而聆听着夜晚的寂静。她在想，她是不会死的，永远也不会死。她以前从未看见过这样碧绿的河水，还有天空、河岸、黑影，充溢在她灵魂中的抑制不住的喜悦都在对她说，她将来会成为大艺术家，并且说，在远处什么地方，在月亮的后面，在一个广阔无垠的天地里，成就、荣耀、人民的爱戴都在等待着她……她目不转睛地久久地望着远方，她好像看见了一大群人、火光，听见了凯旋的音乐，人们的狂呼乱叫；还看见自己穿着白色连衣裙，鲜花从四面八方像雨点似的落在她的身上；她还想到站在她旁边、胳膊肘靠在船栏杆上的那个人是一个真正的伟人，天才，上帝的选民……他迄今所创作的一切都是美的、新的、不平凡的，而当他逐渐地成熟起来之后，他的创作的稀世天才，将会更令人吃惊，可谓无限高超，这只要从他的脸，从他的表现方式，从他对大自然的态度就可以看得出来，他独特地用自己的语言讲述黑影、黄昏的情调、月光，因此使人不能不感到他那驾驭大自然的威力多么惊人，他本人也非常美，富于独创性，他的生活是独立的，自由的，没有任何世俗的东西，像鸟的生活一样。

"天气渐渐变凉了。"奥丽加·伊万诺夫娜说，打了一个寒战。里亚博夫斯基拿自己的斗篷给她披上，悲哀地说："我觉得我被您迷住了，我成了奴隶。为什么您今天这样迷人啊？"

他一直目不转睛地瞧着她。他的眼睛很可怕，她不敢看他。

"我疯狂地爱您……"他小声说，呼吸的气息吹着她的脸颊，"您只要对我说一个字，我就不活了，我要抛弃艺术……"他非常激动地嘟哝道，"您爱我，爱我吧……"

"请您别这样说。"奥丽加·伊万诺夫娜说，闭上了眼睛，"这很可怕。那么，狄莫夫呢？"

"什么狄莫夫？为什么会有狄莫夫？狄莫夫与我何干？现在只有伏尔加河、月亮、美、我的爱、我的喜悦，什么狄莫夫也没有……嘿，我什么也不知道……我不需要过去，就给我一个瞬间……一个瞬间吧。"

奥丽加·伊万诺夫娜的心跳起来了，她本来要想想丈夫，但是她的一切往事，连同婚姻、狄莫夫、晚会都好像显得那么渺小、微不足道、暗淡、不需要、远而又远了……其实，狄莫夫是什么？为什么有狄莫夫？狄莫夫与她何干？他是实有其人呢，或者只是一个梦？

"对他这个普通而又平凡的人来说，他现在已经得到的幸福也就足够了。"她在想，双手捂着脸，"就让他们去指责、去诅咒我们好了。我就要这样做，自甘灭亡，我就要这样做，自甘灭亡……我要去体验生活中的一切。上帝啊，多么可怕，又是多么美好啊！"

"嗯，怎么样？怎么样？"画家嘟哝道，搂住她，贪婪地吻她的手。她有气无力地想推开他，"你爱我吗？爱吗？爱吗？啊，多么美好的夜晚！美妙的夜晚！"

"是啊，多么美好的夜晚！"她低声地说，望着他那双含泪而发亮的眼睛，然后她迅速地打量一下四周，抱住他，强烈地吻他的嘴唇。

"我们快到基涅什姆了！"甲板的另一端有人说。

他们耳边传来了沉重的脚步声。那是小卖部的人员从他们身边走过。

"听着，"奥丽加·伊万诺夫娜幸福得又哭又笑地说，

"去给我弄点葡萄酒来。"

激动得脸色发白的画家坐在凳子上,用一种宠爱而又感激的目光看着奥丽加·伊万诺夫娜,然后闭上眼睛,微笑着懒洋洋地说:

"我疲倦了!"

于是他把脑袋靠在栏杆上。

五

九月二日是一个暖和而又宁静的日子,但却是阴天。打从清早起,伏尔加河上就游动着薄雾,九点钟后则下起了小雨。晴天的希望落空了。喝茶的时候,里亚博夫斯基对奥丽加·伊万诺夫娜说:"绘画——是最没有出息、最乏味的一种艺术;说他自己不是个画家,只有傻瓜才认为他是天才。"说着,他突然无缘无故地拿起一把小刀,划破自己的一张最好的画稿。喝完茶后,他心情忧郁,坐在窗边,望着伏尔加河,可是伏尔加河已没了光彩,浑浊不清,黯然失色了,看上去,冷冰冰的。一切,一切都使人想到那个愁闷、萧索的秋天就要来临了。现在两岸富丽堂皇的绿毯,那金刚钻般的日光反照,那透明的蓝色远方,以及整个大自然的华美盛装,似乎都从伏尔加河身上脱了下来,收进箱子里,待来年的春天再拿出来了。连乌鸦也在伏尔加河附近飞翔,讥笑它:"光秃秃!光秃秃!"里亚博夫斯基听见了乌鸦的聒噪,并想到他自己已走下坡路,失去了才能，想到这世上的一切都是有条件的、相对的、愚蠢的，想到他不应该把自己同这个女人纠缠在一起……总而言之，他心情不好，感到郁闷。

奥丽加·伊万诺夫娜坐在隔板后面的床上，用手指梳理着她那美丽的亚麻色的头发，想象着自己时而在客厅里，时而在卧室里，时而在丈夫的书房里。她的想象把她带到了剧院，带到了女裁缝家里和有名的朋友家里。如今他们在做什么呢？他们会想起她吗？季节到了，该考虑晚会的事情了。那么狄莫夫呢？亲爱的狄莫夫！他在信中多么温厚地、像小孩似的哀求她快点回家。每个月他都给她汇去七十五卢布，而当她写信给他说欠画家一百卢布时，他就把这一百卢布也汇去了。一个多么善良、宽厚的人啊！旅行使奥丽加·伊万诺夫娜厌倦了，她已感到无聊，真想赶快离开这些乡下人，离开河水的潮气，抖掉那周身不干净的感觉。这种感觉是她从这个村子到那个村子，住在农民家里时经常感受到的。如果不是因为里亚博夫斯基曾许诺过画家们在这里要同他们住到九月二十日的话，她今天就可以走了。要是今天能走，该多好啊！

"我的上帝啊，"里亚博夫斯基呻吟道，"什么时候才会出太阳呢？没有太阳，我根本无法继续画我的阳光风景画！……"

"可是你也有一张画多云天气的画稿！"奥丽加·伊万诺夫娜说，从隔板那边走过来，"你还记得吗，右边的布景是树林，左边是一群母牛和公鸡，现在你可以把它画完。"

"唉！"里亚博夫斯基皱皱眉头，"画完它！难道你以为我那么笨，自己都不知道自己该做什么吗？"

"你对我的态度怎么变了呢？"奥丽加·伊万诺夫娜叹口气说。

"那才好呢。"

奥丽加·伊万诺夫娜的脸抖动起来，走开了，到火炉那边哭了起来。

"是的，我现下缺少的就是眼泪了。算了吧！我有一千条理由可以哭，但是，我就是不哭。"

"一千条理由！"奥丽加·伊万诺夫娜呜咽道，"最主要的理由，是你已经认为我是累赘了。是的！"她说完，大哭起来，"如果说实话，那么你是在为我们的爱情害臊。你竭力不让那些画家发现我们的关系，尽管这是瞒不住的。他们早就全都知道了。"

"奥丽加，我只求您一件事，"画家央求道，并把手放在心口上，"就一件事：不要折磨我！此外，我对您再没有别的要求了。"

"可是您发誓说您仍旧爱我！"

"这真是折磨人！"画家从牙缝里说道，并且跳了起来，"如果您继续这样，我只好去跳伏尔加河，不然就发疯！放开我吧！"

"那您就打死我，打死我吧！"奥丽加·伊万诺夫娜大声喊道，"打死我吧！"

她又痛哭起来，走到隔板后面去了。雨水打在小木房和稻草房的房顶上，沙沙作响。里亚博夫斯基抱着脑袋在房子里走来走去，后来现出决断的脸色，好像要向谁证明什么似的，戴上帽子，把枪挂在肩上，离开了小木房。

他走了之后，奥丽加·伊万诺夫娜在床上躺了许久，并且哭了。起初她想到服毒自杀，让里亚博夫斯基一回来就发现她死了。这样多好啊！后来脑子里的胡思乱想把她带到客厅里，带到丈夫的书房里，并幻想着自己一动不动地坐在丈夫的身边，享受着身心的安宁和纯洁，晚上就坐在剧院里听玛西尼唱歌。她牵挂着文明，牵挂着城市的热闹和名人，心里感到疼痛。一个农妇走进屋来，从容不迫地生起炉子来，准备做饭。房子里充满了煤渣味，浓烟把空气变成了淡蓝色。画家们回来了，脚上穿着沾满污泥的高筒靴，脸上湿淋淋的。他们仔细地查看着画稿，并自我安慰说，就是在坏天气里，伏尔加河也自有它的迷人之处。墙上那座不值钱的钟嘀嗒嘀嗒地响……冻坏了的苍蝇聚集在圣像旁边的墙角里，嗡嗡地叫着……还可以听见蟑螂在凳子下面那些大皮包里爬动的声音……里亚博夫斯基在太阳落山时才回到家，他把帽子扔在桌上，脸色苍白，疲惫不堪，连沾满污泥的靴子也没有脱便倒在长凳上，闭上眼睛。

"我很累……"他说，眉毛动了动，竭力想把眼皮抬起来。

奥丽加·伊万诺夫娜为了表示对他的亲热，并表明她没有生气，便走到他跟前，默默地吻他，并把梳子放在他的淡黄色的头发里。她想给他梳头。

"怎么一回事？"他问道，打了个寒战，好像有什么冰凉的东西碰在他身上似的，"怎么一回事？别来打扰我，我求您了。"

他用手推开她，走开了。她觉得他的脸显出厌恶、懊丧的表情。这时一个农妇小心翼翼地端着一盆白菜汤过来给他。奥丽加·伊万诺夫娜看见农妇的大手指头浸在汤里了。这个腆着大肚子的肮脏的农妇，这盘让里亚博夫斯基吃得有滋有味的白菜汤，这小木房和整个这种生活（起初她对这种生活的简朴和艺术性的杂乱也深深喜爱过），如今这一切使她觉得很可怕。她突然感到自己受了侮辱，便冷冷地说：

"我们需要分开一段时间，不然由于无聊，我们会严重地吵起架来的。这种生活我已经讨厌了。我今天就走。"

"怎么个走法？骑着拐杖走吗？"

"今天是星期四，正好九点半有一班轮船。"

"啊！是的，是的……那好吧，走吧……"里亚博夫斯基轻声地说，用毛巾代替餐巾擦了擦嘴，"你在这里很无聊，没事干，必须是个利己主义者才能把你留下。走吧，本月二十日之后我们将再见面。"

奥丽加·伊万诺夫娜高兴地收拾行李，甚至高兴得两颊都发红了。她自问道：难道她真的不久就要在客厅里画画、在卧室里睡觉、在铺着桌布的饭桌上吃饭了？她心情轻松了,她也不再为画家而生气了。

"颜料和画笔我都给你留下,里亚布沙,"她说,"凡是我留给你的东西,你都得带回来……注意,我不在你可别偷懒,别郁闷,要工作。你是好样的,里亚布沙!"

十点钟里亚博夫斯基便给她告别的一吻,正如她所想的,那是他为了避免在轮船上当着那些画家的面跟她接吻。后来他送她到码头去,轮船很快就开了,把她带走了。

过了两天半,奥丽加·伊万诺夫娜回到了家。她激动得喘不过气来,没有脱去帽子和雨衣就走进了客厅,从客厅又走进餐厅。狄莫夫没有穿上衣,只穿着敞开的坎肩,坐在桌子后面,正在用叉子磨刀子。他面前的碟子上放着一只松鸡。奥丽加·伊万诺夫娜走进房间时,坚信必须对丈夫隐瞒一切,她相信自己有这种能力和力量,但是现在,当她看见他那温厚、幸福的微笑和那双明亮、快活的眼睛时,她却觉得,瞒住这个人,就跟毁谤、盗窃、杀人一样卑鄙、可恶和不可能,她也做不到。在这一瞬间,她决定向他说出发生过的一切。让丈夫吻她、搂她之后,她在他面前跪下来,并且捂住脸。

"怎么啦?怎么啦?亲爱的?"他温柔地问道,"想家了吧?"

她抬起由于羞愧而变得通红的脸,并用惭愧的恳求目光看着他,可是恐惧和羞耻却又妨碍她把实话说出来。

"没有什么……"她说,"这是我……"

"我们坐下来吧,"他说,并把她搀起来,让她在桌子旁边坐下，"这就对了……吃点松鸡吧，你饿了，小可怜。"

她贪婪地呼吸着家里的亲切的空气，并吃了松鸡；他则深为感动地看着她，并高兴地笑了。

六

约莫过了半个冬天，狄莫夫才看出自己受了欺骗。而他，倒好像自己的良心不纯似的，不敢直视妻子的眼睛，见到她也不再快活地微笑了，为了更少地跟她单独在一起，他经常带自己的同事科罗斯杰列夫到家里来吃饭。科罗斯杰列夫身材矮小，头发剪得很短，满脸皱纹。每当他跟奥丽加·伊万诺夫娜说话时，都腼腆得把上衣的扣子时而全部解开，时而又全部扣上，然后用右手捋捋左边的唇髭。吃饭的时候，两位医生就谈论什么横膈膜升高会使心脏跳动不规则，或者是谈论近来常遇到的许多神经炎病症，再不就谈论前一天狄莫夫解剖一个患恶性贫血的病人的尸体时，在其胰腺里发现了癌。他们两人之所以谈论医学，似乎只是为了给奥丽加·伊万诺夫娜一个沉默的机会，也就是不撒谎的机会。饭后科罗斯杰列夫在钢琴那边坐下来，狄莫夫则叹口气对他说：

"喂，老兄，怎么样，来，弹一首悲伤的曲子吧。"

科罗斯杰列夫抬起肩膀，伸开手指，弹了几个谐音，并开始用男高音唱起来："你指给我看看，有什么地方俄罗斯农民不呻吟。"狄莫夫再一次叹口气，用拳头支着脑袋，沉思起来。

近来奥丽加·伊万诺夫娜的行为极不谨慎,每天早晨醒来都心绪很坏,心想,她已经不爱里亚博夫斯基了,所以,谢天谢地,一切都结束了。可是喝完咖啡后她又想到,里亚博夫斯基使她失去了丈夫。如今,她既失去了丈夫,也失去了里亚博夫斯基。后来,她想起了一些熟人谈到里亚博夫斯基正在为画展准备一张惊人的画,一张风俗与风景的混合,采用波列诺夫的风格,凡是到过他的画室的人都欣喜若狂。不过她在想,要知道,他是在她的影响下才创作出这张画来的。总之,是多亏了她的影响,他才大大地变好了。她的影响是如此卓有成效,如此重要,若是她丢下他,那么他也许就会完蛋。她还想起,上次他来看她时,穿着一件带小星星的灰色上衣,系一条新领带,懒洋洋地问她:"我漂亮吗?"其实,他很潇洒,长长的卷发,一双蓝色眼睛,是很漂亮(或者,是似乎漂亮吧),而且他对她也很温柔。

奥丽加·伊万诺夫娜回想了许多事情,并思考了一下,然后穿上衣服,非常激动地到画室找里亚博夫斯基去了。她看见,他很快乐,正在叹赏那幅真正华美的画。他又蹦又跳,逗趣取乐,用开玩笑的方式回答严肃的问题。奥丽加·伊万诺夫娜嫉妒里亚博夫斯基的画,并且憎恨它,但是,出于礼貌,她在画的面前默默地停留了五分钟,而且好像见到什么圣物似的叹了一口气,轻声地说:

"是啊,你还从来没有画过这样的画,知道吗,甚至让人敬畏。"

然后她又去恳求他能爱她，不要抛弃她，要求他怜惜她这个可怜的、不幸的女人，她哭着吻他的手，要他发誓爱她。她还向他证明，要是没有她的良好影响，他将会误入歧途，会毁灭。而当他扫了她的兴，当她觉得自己屈辱时，就到女裁缝或认识的演员那里去弄几张戏票。

如果在画室里没有找到他，她就会给他留下一封信，信里发誓说，若是他今天不来看她，她就一定服毒自杀。果然，他害怕了，就去看她，并留下来吃午饭。尽管她丈夫在座，他也不客气，对她说话粗鲁，她也针锋相对。两人都感到，他们已经捆在一起了，无法拆开，都觉得对方是暴君和敌人。两人都在发狠，因此两人都没有留意他们的举动很不得体，甚至剪短发的科罗斯杰列夫也全看明白了。午饭后，里亚博夫斯基匆匆告辞，离去了。

"您到哪里去？"奥丽加·伊万诺夫娜在前厅憎恨地看着他，问道。

他皱着眉头，眯缝着眼睛，随便说出一个大家都熟悉的女人的名字。很显然，他是在嘲笑她吃醋，并想让她生气。她回到自己的卧室，便倒在床上。由于嫉妒、懊丧、屈辱和羞愧的感觉，她咬着枕头，放声大哭起来。狄莫夫把科罗斯杰列夫丢在客厅里，走进卧室里，又难为情又慌张地低声说：

"不要大声哭，亲爱的……何苦呢……这种事应当保持沉默才对……应该不让人看出来……要知道，已经发生的事，你是无法挽回的。"

不知道怎么样才能平息这种沉重的嫉妒，它几乎把她的太阳穴都炸开了。同时她又认为，事情还可以挽回。于是她洗了把脸，在带泪痕的脸上扑上粉，飞快地跑到刚才提到的那个女人家里。里亚博夫斯基不在这个女人家里，她又跑到另一家，然后是第三家……起初，这样跑来跑去她还感到难为情，可是后来跑习惯了，为了找到里亚博夫斯基，往往一个晚上跑遍了她所有认识的家庭，于是大家都明白了这是怎么一回事。

有一天，她对里亚博夫斯基谈起她的丈夫：

"这个人用宽宏大量来压我！"

她很喜欢这句话。每当她碰到那些知道她与里亚博夫斯基的罗曼史的画家时，她都要谈到她的丈夫，用手使劲地一挥，说：

"这个人用宽宏大量来压我！"

他们的生活安排还跟过去一样，每到星期三就举行晚会，演员们朗诵，画家们画画，大提琴家演奏，歌唱家唱歌，到十一点半，通向饭厅的门必定会打开，于是狄莫夫便面带笑容地说：

"先生们，请吃点东西吧。"

奥丽加·伊万诺夫娜还像过去一样在寻找名流，找到了又不满足，再找。像过去一样，每天都是深夜才回来。不过，狄莫夫不像去年那样已经睡觉，而是坐在自己的书房里，干一些事。他三点钟才躺下睡觉，八点钟起床。

有一天晚上,她正准备去剧院,站在衣镜面前,狄莫夫穿着礼服,系着白领带走进卧室里,他温存地笑了笑,像从前那样,高兴地直视着妻子的眼睛。他满面红光。

"我刚才通过了学位论文答辩。"他说,坐下来,揉了揉自己的膝盖。

"通过了?"奥丽加·伊万诺夫娜问道。

"啊哈!"他笑了起来,并伸长脖子去看妻子在镜子里的脸,因为她依然背对着他站在那里,在理自己的头发。"啊哈!"他又笑了一次,"知道吗,他们很可能把我提为普通病理学的副教授的职位,有戏!"

从他的红光焕发的脸容可以看出来,如果奥丽加·伊万诺夫娜这时能跟他一块儿分享高兴和胜利的话,也许他就一切都原谅她了,不论是现在的还是过去的,全部忘掉。可是她不懂得什么是副教授职位和"普通病理学"的含义,她更担心的是耽误了看戏,于是什么话也没有说。

他坐了两分钟,然后愧悔地笑了笑,走了。

七

这是不平静的一天。

狄莫夫头痛得非常厉害。他没有喝早茶,也没有到医院去上班,一直躺在自己书房里那张土耳其式的长沙发上,跟往常一样,奥丽加·伊万诺夫娜中午十二点多钟就去找里亚博夫斯基,把自己画的静物写生画拿给他看,并且质问他,为什么昨天没有去看她。这张画她觉得微不足道。她画这张画,只不过是要找个到画家那儿去的多余的借口罢了。

她没有拉门铃就走进他家里,当她在门厅里脱套鞋的时候,就听见画室里好像有什么东西轻轻地跑过去,发出一种女人衣裳的沙沙声。她连忙朝画室望去,只看见一段棕色的裙子闪了一下,便消失在一幅大画的后面。这张画及其画架被一块直拖到地的黑布盖着。毫无疑问,这是有个女人躲起来了。就像奥丽加·伊万诺夫娜自己过去常在这张画儿后面躲难一样!里亚博夫斯基看样子很尴尬,好像对她的到来感到很惊讶。他伸出两只手给她,勉强地陪着笑脸说:

"啊,啊,啊!很高兴见到您,有好消息告诉我吗?"

奥丽加·伊万诺夫娜的眼里充满了泪水,她感到羞愧和悲哀,就是给她一百万,她也不肯当着这另外的女人、一个情敌、一个虚伪的女人的面说话,而这个女人现在就站在那张画的后面,也许正幸灾乐祸地笑呢。

"我把画稿给您带来了,"她怯生生地小声说,嘴唇颤抖着,"是'静物画'。"

"啊,啊……是画稿?"

画家把画稿拿在手里,边看边走,似乎不经意地走进了另一个房间。

奥丽加·伊万诺夫娜顺从地跟在他后面走。

"静物画……一级品,"他小声嘟哝着,并押起韵来,

"库罗尔特……乔尔特……波尔特。"

画室里发出一种急促的脚步声和衣裙的沙沙声,就是说,那个陌生女人已经走了。奥丽加·伊万诺夫娜很想大叫一声,用重物对准里亚博夫斯基的脑袋打过去,然后跑掉。然而她眼泪汪汪,什么也看不见,完全被羞愧压倒了,觉得自己已不是奥丽加·伊万诺夫娜,已不是女画家,而是一只小甲虫了。

"我累了……"里亚博夫斯基一边看着画稿,一边懒洋洋地说,并且抖动着脑袋,好像要把睡意抖掉似的,"当然,画稿很不错,可是您今天画一幅,去年已画了一幅,过一个月又画一幅……您怎么画不腻呢?要是换了我的话,就不玩这玩意儿了,而去搞严肃的音乐或别的什么了。要知道,您并不是画家,而是音乐家。可是您知道,我有多累啊!我立即叫仆人端茶来……好吗?"

他走出了房间。奥丽加·伊万诺夫娜听见他对仆人吩咐了几句话。为了避免告辞,避免解释,最主要的是避免自己大哭起来,她趁里亚博夫斯基还没有回来,赶快跑进门厅里穿上套鞋,走到街上去了。在街上她轻轻地舒了口气,现在她觉得自己永远自由了,与里亚博夫斯基,与绘画,与刚才在画室里压迫着她的沉重的羞辱感再也没有关系了。一切都结束了。

她去找女裁缝,然后去找昨天刚回来的巴尔纳伊,再从巴尔纳伊那儿去了乐谱店,心里却一直想着,怎样给里亚博夫斯基写一封冰冷的、残酷的、充满个人尊严的信,想着春天或者夏天跟狄莫夫一块儿到克里米亚去，在那里就可以与过去彻底决裂，开始过新的生活。

她很晚才回到家，没有换衣服就在客厅里坐下来写信。里亚博夫斯基对她说过，她不是一个画家，现在她也要报复他，说他每年画的都是老一套，每天说的也是老一套的话，还说他已停步不前，除了已有的一点成绩外，今后什么也做不了啦。她还想说，他过去能有点成绩，很多方面应当归功于她的好影响，如果他继续这样干蠢事，那是因为她的影响被各种不三不四的人物，例如今天藏在画儿后面的那个人——抵消了。

"亲爱的！"狄莫夫没有开门，从书房里叫她，"亲爱的！"

"你有事吗？"

"亲爱的，你不要进我的房里来，只站在门口好了。是这么一回事……前天我在医院里染上了白喉，现在……觉得不舒服。快把科罗斯杰列夫找来。"

奥丽加·伊万诺夫娜对丈夫和对所有熟识的男人一样，都称呼姓。她不喜欢他的名字奥西普，因为这个名字总让她联想起果戈理的奥西普（果戈理的剧本《钦差大臣》中的人物）和那句俏皮话："奥西普，爱媳妇；阿尔希普，开席铺。"现在她也大喊一声：

"奥西普，这是不可能的。"

"去吧！我很不舒服……"狄莫夫在门后面说道。可以听见他向沙发走去和躺下来的声音，"去吧！"又含含糊糊地听见他的说话声。

"这是怎么一回事?"奥丽加·伊万诺夫娜想道,吓得全身发冷,"要知道,这是很危险的啊!"

这时她毫无必要地拿着蜡烛走进自己的卧室里,在这里,她思考了一下该做些什么。她无意中在镜子里看到了自己:一张被吓得苍白的脸,高袖口的短上衣,胸前的黄褶子和裙子上的特殊的花纹。她觉得自己既可怕又可恶。她突然感到非常对不起狄莫夫,对不起他对她的宽厚无边的爱情,对不起他年轻的生命,甚至也对不起这张他已好久没有睡的被冷落了的小床。她想起了他那惯常的、温和的、恭顺的笑容。她痛哭了一场,给科罗斯杰列夫写了一封信。当时已是深夜两点钟了。

八

第二天早晨快到八点钟时,奥丽加·伊万诺夫娜由于没有睡好觉而觉得脑袋发沉。她没有梳头,样子难看,并带着惭愧的表情走出了卧室。这时有一位留着黑胡子的先生,看样子是医生,从她旁边走过,进了前厅。房间里散发着药味。书房门边站着科罗斯杰列夫,他用右手捋着左边的唇髭。

"对不起,我不能放您进去。"科罗斯杰列夫阴沉地对奥丽加·伊万诺夫娜说,"会传染的。是的,其实您不必进去。他一直在说梦话。"

"他真的得了白喉吗？"奥丽加·伊万诺夫娜小声问道。

"这是铤而走险，该送交法庭。"科罗斯杰列夫自言自语地说，没有回答奥丽加·伊万诺夫娜的问话，"您知道他是怎样被传染的吗？星期二那天，他用吸管去替一个男孩子吸白喉黏膜。这是为什么呢？愚蠢……真是糊涂……"

"这病危险吗？很危险？"奥丽加·伊万诺夫娜问道。

"是的，这是很厉害的病。其实应该把希列克请来才对。"

一个小个子、红头发的人过来了，他的鼻子很长，说话带有犹太人的口音；然后来了一个身材高大的人，他驼背、头发蓬松，像一个大助祭；后来又来了个很胖的青年，红脸、戴眼镜。这是医生们为自己的同事轮流值班。科罗斯杰列夫值完班后没有回家，而是留了下来，像影子似的在各个房间里徘徊。女仆为值班的医生们端茶，并常要到药房里去，因此没有人去收拾房间。周围是一片静寂和凄凉。

奥丽加·伊万诺夫娜坐在自己的卧室里。她在想，这是上帝对她的惩罚，因为她欺骗了丈夫。这个沉默寡言、毫无怨言、不可理解的人由于其温顺而失去了个性，由于其多余的善良而失去了性格，变得软弱无力。现在他又自己待在一个地方，躺在长沙发上，孤独地受苦，无怨无悔。如果他能说出一些抱怨的话来，哪怕是在呓语中，值班的医生也会知道他的毛病不仅在白喉上，他们就会去问科罗斯杰列夫——他是什么都知道的。难怪他在看朋友的妻子时，其眼睛好像在说：她才是真正的主犯，而白喉只不过是同谋犯而已。现在她已经不去回想那伏尔加河的月夜，也不去回想什么爱情的独白，更不去回想什么农舍里的诗意的生活了，只想到，她由于空虚的臆想，由于娇生惯养，已经把自己全身——包括手和脚——都用又脏又黏的东西染污了，永远也洗不干净了……

"唉，我撒谎撒得太可怕了！"她寻思道，想起了她与里亚博夫斯基那段不安的爱情，"真是该死！……"

四点钟时她和科罗斯杰列夫一块儿吃午饭。他什么也没有吃，只喝了点红葡萄酒，眉头紧皱；她也是什么都没有吃。她有时心里暗自祈祷，向上帝起誓，如果狄莫夫的病好了，她将再爱他，并做他的忠实的妻子。有时她又遐想出神，瞧着科罗斯杰列夫，心想："做一个普普通通、毫不出色、默默无闻的人，再加上满脸的皱纹和不懂礼貌，难道不乏味吗？"有时她又觉得上帝会立即杀死她，因为她由于害怕传染，一次也没有进过丈夫的书房。总之，她已经心绪麻木、沮丧，并且相信她的生活已经毁了，无论如何也不能挽救了……

饭后天变黑了。奥丽加·伊万诺夫娜走进客厅时，科罗斯杰列夫正在卧榻上睡觉，用一个金线绣的绸枕头垫着脑袋。"唏——噗啊——唏——噗啊。"他在打鼾。

值班的和不值班的医生都没有发现这种杂乱无序的现象。有陌生人在客厅里睡觉、打鼾也好，墙上挂着种种画稿也好，稀奇古怪的环境也好，以及女主人头发蓬松、衣冠不整也好，如今这一切都不能引起人们丝毫的兴趣。有一位医生无意中不知为什么笑了一下，这笑声听起来颇为古怪，而且有些胆怯，甚至令人害怕。

当奥丽加·伊万诺夫娜第二次走进客厅时，科罗斯杰列夫已经不睡觉了，而是坐着抽烟。

"他得了鼻腔白喉症，"他小声说，"心脏也跳得不正常了。真的，事情不妙。"

"那您就去请希列克来吧。"奥丽加·伊万诺夫娜说。

"希列克已经来过了。就是他发现白喉已经转移到鼻子里了。唉，希列克又能怎么样！实际上，希列克也毫无办法。他是希列克，而我是科罗斯杰列夫——如此罢了。"

时间过得很慢。奥丽加·伊万诺夫娜和衣躺在一张从早晨起来就没有收拾过的床上，她迷迷糊糊地觉得，整个住宅，从地板到天花板堆放着一大块铁，只有把这块铁搬开，大家才能快活起来，轻松起来。醒来后她才想到，那不是铁，而是狄莫夫的病。

"静物画，波尔特……"她想着，又陷入了昏迷状态，"波尔特……库罗尔特……希列克怎么样？希列克，格列克，弗列克……克列克。可我的朋友们现在在哪里呢？他们知道我现在遭难了吗？主啊，救救我吧……饶了我吧！希列克，格列克……"

又是那块铁……时间过得很慢，可是楼下的钟还照常敲响。有时会听到铃声，那是医生们进来了……女仆人端着托盘走进来，托盘上放着一个空酒杯。她问道：

"太太，要把床收拾一下吗？"

没有听到回答，女仆便走了。楼下的钟在敲着。她梦见伏尔加河上在下雨。又有人走进卧室来，好像是个不相干的人。奥丽加·伊万诺夫娜跳起来，认出那是科罗斯杰列夫。

"现在几点了？"

"将近三点。"

"有什么事？"

"还有什么好事！……我是来告诉您：他去世了……"

他啜泣着，挨着她坐在床上，用袖口擦拭眼泪。她没有立刻明白过来，但很快就全身发冷，开始慢慢地在胸前画十字。

"去世了……"他用尖嗓门重说一遍，又啜泣起来，"他死了，是因为他牺牲了自己……这对科学来说，是什么样的损失啊！"他痛苦地说。

"如果拿我们跟他相比，他真是一个伟大的、不平凡的人！何等的天才啊！他给我们大家多大的希望啊！"科罗斯杰列夫绞着双手继续说，"我的上帝啊，这样的科学家我们现在就是打着灯笼也找不到了。奥西普·狄莫夫呀，奥西普·狄莫夫！你这是怎么搞的啊！哎呀呀，我的上帝啊！"

科罗斯杰列夫双手捂住脸，不停地摇头。

"他的道德力量又是多么大啊！"他接着说，好像对什么人有越来越大的怨气似的,"这个善良、纯洁、慈爱的灵魂——不是人,而是水晶,他服务于科学,为科学而死;他白天黑夜像牛一样地工作,没有任何人怜惜过他。他是一位年轻的科学家,未来的教授,却也不得不干点私人行医的事,并在晚上搞点翻译,为的是有钱去买这些……无用的破烂!"

科罗斯杰列夫憎恶地看着奥丽加·伊万诺夫娜,伸手抓起被单,愤怒地撕扯它,好像被单有罪似的。

"他不怜惜自己,别人也不怜惜他。唉,真的,有什么办法呢。"

"是啊,一个世界上少有的人!"客厅里有一个人用男低音说道。

奥丽加·伊万诺夫娜回想起她跟他在一起的整个一生,从开始到结束的全部细节,才忽然明白,他真是一个不平凡的人,少有的人,拿他跟她认识的所有的人相比,真算是一个伟大的人。她想起她已故的父亲,以及所有跟他共过事的医生是怎样看待他的,她这才明白,他们都认为他是一个未来的名人。墙壁、天花板、灯、地板上的地毯,好像都讥讽地对她眨眼睛,好像想对她说:"你错过机会了!"她哭着从卧室里冲出来,在客厅里与一个不相识的人擦肩而过,跑进了丈夫的书房里。狄莫夫一动不动地躺在那张土耳其式的长沙发上,一张床单盖着后半腰。他的脸可怕地瘪了下去,瘦得很,呈黄灰色(活人的脸是绝不会有这种颜色的)。只是从其额头、黑眉毛和熟悉的微笑，才能认出他是狄莫夫。奥丽加·伊万诺夫娜连忙去摸他的胸口、额头和手，胸口还有一点热气，可是额头和手已经凉得令人不舒服了，半闭着的眼睛也不是看着奥丽加·伊万诺夫娜，而是看着被子。

"狄莫夫！"她高声喊道，"狄莫夫！"

她想向他说明她过去错了，但还不是完全不可挽回，生活仍然还可能是美好幸福的；她还想跟他说，他是一个少有的、不平凡的、伟大的人，她将一生一世敬仰他，为他祈祷，对他怀有神圣的敬畏之情……

"狄莫夫！"她叫唤他，拍打他的肩膀，不相信他从此不再醒过来，"狄莫夫，狄莫夫啊！"

这时科罗斯杰列夫在客厅里对女仆说：

"干吗在这里问长问短？您到教堂看守人那里去，问一下养老院的老婆婆在哪儿。她们会来给死者洗擦身体。收殓诸事，她们会一并办好的。"

（1892年）

六号病房

一

医院的院子里有一幢小厢房,它的周围长满了牛蒡、荨麻和野生的大麻。厢房的房顶已经生锈,烟囱一半已经坍塌,门廊的阶梯已经朽坏,长满杂草,墙上的灰泥也只剩下一些痕迹了。厢房的正面对着医院,后面则是田野,中间由一道埋有钉子的医院的灰墙隔开。这些尖端朝上的钉子、围墙以及厢房本身,都有一种特别令人沮丧的、天地难容的景象。在我们这里,只有医院和牢房才是这样的。

如果您不怕被荨麻扎着,就请您沿着通向厢房的那条狭窄的小道走过去,看看里面在干什么。推开第一扇门,我们便来到前堂。在这里,墙边、炉子旁边丢着大堆大堆的医院里的破烂:褥垫、破旧的病人服、裤子、带蓝条子的衬衣、不能穿的旧鞋等。所有这些破烂都随便地堆在一起,又脏又乱,正在腐烂,散发出一股令人窒息的臭气。

看守人尼基塔是一个年老的退伍军人,还戴着褪成了红褐色的军章。他躺在那堆破烂上,牙齿间老是衔着一支烟头。他有一张严肃、枯瘦的脸,眉毛耷拉下来,给这张脸平添了一种草原牧羊犬的神态。他红鼻子，小个子，虽然外表干瘦，青筋嶙嶙，却器宇轩昂，两只拳头坚硬有力。他属于那种心眼儿不多、颇受赏识、勤勉可靠、脑子迟钝的人。在这个世界上，他最喜欢的是安分守己，因此他坚信，有些人是该打的。他打他们的脸、胸口、背脊，碰到哪儿打哪儿。他坚信，不打，这里就要乱了。

往前，您走进一个宽敞的大房间。如果不算前堂的话，这个房间就是整个厢房。墙壁上涂了一层混浊的浅蓝色的颜料。天花板被烟熏得很黑，就跟没有烟囱的农舍一样。显然，这里冬天炉子经常冒烟，并且有煤气。窗子从里面钉了一块铁格栅，很难看。地板是灰色的，也没有刨平。酸白菜、灯芯、臭虫、氨水发出难闻的气味。这种气味使您一进屋就觉得好像进了动物园。

房间里放着几张床，床脚钉在地板上。床上坐着或躺着一些人，他们穿着蓝色的病人服，戴着老式的尖顶帽子。这是一些疯子。

这里共有五个人。只有一个是贵族身份，其余都是小市民。靠门的第一个是又高又瘦的小市民，红黄色的唇髭闪着亮光，眼睛带着泪痕，他用手托着脑袋坐着，老是盯着一个地方。他白天黑夜都发愁、摇头、叹气、苦笑，很少跟人说话，人家问他，他也总是不回答。给他食物，他就机械地吃下去，喝下去。从他所受的痛苦、他不停地咳嗽、他的消瘦和双颊的红晕判断，他正开始害肺病。

他旁边是一个矮小、灵活、非常好动的小老头儿，留着一把尖削的胡子和一头像黑人那样卷曲的黑头发。白天他在病房里从一个窗口到另一个窗口来回踱步，或者是像土耳其人那样盘着腿坐在自己床上，并且像灰雀那样不停地吹口哨，小声地唱歌，嘿嘿地笑。他这种孩子般的欢乐和活泼性格同时也表现在晚上。他起来祈祷上帝，那就是用双拳捶打自己的胸口，用手指抓门。这是犹太人莫依谢依卡——一个傻子，他是在二十年前由于自己的制帽作坊被大火烧毁而发疯的。

在六号病房的所有病人中，唯有他一人被允许可以走出病房，甚至可以离开医院的院子到街上去。这种特权他已经享受了很久，大概因为他是医院里的一个老病号，而且是一个安静的、于人无害的傻子，也是在城里给人逗笑的小丑。他在街上被小孩和狗包围的情景，城里人早已看惯了。他穿着破旧的病人服，戴着可笑的尖顶帽，穿着拖鞋，有时赤着脚，甚至没有穿长裤就在街上走来走去，在院门口或小铺子门口站着乞讨小钱。有的人给他喝点格瓦斯①，有的给他点面包，有的给他个把戈比。这样，他回到病房时，水足饭饱，钱袋满满的。而他带回来的所有东西，马上通通都被尼基塔搜去归自己了。这个兵干得很粗暴，怒冲冲地翻查犹太人的口袋，而且要让上帝做证，他保证今后永远不会再让这个犹太人上街，说什么这种不安分的事对他来说，比世界上任何东西都要坏。

莫依谢依卡喜欢替别人效劳。他给同伴端水。他们睡

---

① 格瓦斯，盛行于俄罗斯和一些东欧国家的含酒精的饮料。

着了，就给他们盖被子。他答应每个人说，他从街上回来时要给每人一个戈比，并给每人缝一顶新帽子。他还用汤匙喂他左边的一个邻居吃东西，因为那人是一个瘫子。他这样做不是出于同情，也不是出于某种人道主义的考虑，而是在模仿他右边邻居格罗莫夫的做法，是无意中受了他的影响。

伊万·德米特里奇·格罗莫夫，一个三十岁左右的男子，贵族家庭出身，过去是法院的民事执行吏和十二品文官，患被害妄想症。他要么蜷缩着身体躺在床上，要么就从这一角落走到那一角落，好像在做保健散步。他很少坐着。他总是处于焦躁、激动、紧张的精神状态，好像在等待某种令人不安的不明确的东西。哪怕是前堂传来一丁点儿沙沙声或院子里有人喊一声，他也会抬起头，立即仔细地倾听，这是不是来抓他的？是不是在找他？这时候，他的脸上便现出极其不安和嫌恶的表情。

我喜欢他那张宽大的、高颧骨的脸。他的脸总是那么苍白和不幸，像镜子一样反映出一个被抗争和长期的恐惧所折磨的灵魂。他的这种苦脸是奇怪的、病态的，可是深刻真实的苦难刻印在他脸上的细纹，却显出了理智和文化修养，眼睛里放射出温暖和健康的光辉。我也喜欢他本人，他谦恭，乐于助人。他对所有人，尼基塔除外，都异常客气。不管谁掉了一个扣子或一把钥匙，他都立即从床上跳下来，替人拾起来。每天早晨他都向自己的同伴们道早安；睡觉的时候，则向他们道晚安。

除了愁眉苦脸和经常处于紧张状态外，他的病还表现在下列几个方面：每到傍晚，他有时会把短小的病服裹得紧紧的，全身发抖，牙齿打战，立即开始在房间里从这边走到那边，或者在床铺之间走来走去。看上去，他好像在发高烧。他突然站住，瞅着同伴的样子，显然像是想说什么很重要的话，但看来他又想到人们不会听他讲话，或者是听不懂他的话，便急躁地摇摇头，继续走来走去。很快，说话的欲望压倒了一切其他考虑而占了上风，他便不由自主地说起来，热烈而又激越。他说得语无伦次，像是梦呓，断断续续，常常叫人听不懂。然而不论在他的话里还是声音里，都可以听到一种非常好听的东西。他一说话，您就会听出来他像疯子，又像正常的人。他那些疯话是很难用文字来表达的。他说到人的卑鄙，说到践踏真理的暴力，说到将来会在地球上实现的美好的生活，说到每时每刻都使他想起暴虐者的麻木不仁和残忍的铁窗栅。结果他的话就成了由古老的但又还没有唱完的歌合成的一首杂乱无章的、不连贯的什锦曲了。

二

十二年至十五年前，文官格罗莫夫就住在本城大街上自己的房子里，他是一个有名望有家产的人。他有两个儿子：谢尔盖和伊万。谢尔盖是四年级的大学生，得肺结核死了。他这一死，就成了突然降到格罗莫夫家一连串灾难的开端。谢尔盖安葬后一个星期，老父亲便因伪造文件和挪用公款而受法庭审判，不久便在监狱医院里因害伤寒病死了。房子和全部动产都被拍卖，撇下伊万·德米特里奇和母亲，而他们已经没有任何财产了。

原先父亲在世的时候，伊万·德米特里奇住在彼得堡，在大学读书，每月收到六十卢布至七十卢布，根本不知道什么叫作穷。可现在他的生活却一下子改变了。他必须从早到晚去做家教，做抄写工作。就这样还仍旧要挨饿，因为他把所有的收入都寄给母亲做生活费了。伊万·德米特里奇受不了这样的生活，他泄气了，身体也吃不消，便丢下大学学业，回家去了。在这里，在城里他托人在县立学校里谋到了一个教员的职位，可是他跟同事们合不来，学生也不喜欢他，很快又丢弃了这个职位。他母亲去世了，他有半年没有找到工作，光靠面包和水度日，后来当了法院的民事执行吏。直到他因病被辞退，他一直在干这个差事。

他甚至在年轻的大学生时代就从来没有给人以健康的印象。他瘦弱，老是生病，经常伤风感冒。他吃得很少，睡眠很差，喝上小杯葡萄酒就头晕，他有闭门癖症。他总想跟人们接近，可是由于他易激动和性格多疑，他跟谁也难亲近，没有朋友。对城里人他总是批评，瞧不起，说他们的愚昧无知、浑浑噩噩的兽性生活既卑鄙又讨厌。他说话是男高音，响亮、激越，不是愤懑、愤怒，就是高兴、惊讶，但永远是真诚的。不管您跟他说什么，他都把您引到一个话题上：在这个城市生活既烦闷，又无聊，交往的人们中没有高尚的趣味，他们过的是晦暗的无意义的生活，那里只有形形色色的暴力、粗野的淫荡和伪善。卑鄙的家伙吃得饱、穿得好，正直的人却忍饥受寒。我们需要兴建学校，办方向正确的地方报纸、剧院、公开的讲座，团结知识界的力量；需要让社会认识自己，感到震惊。他评判人们的时候，都要涂上浓重的色彩，只有白色和黑色，不承认有任何其他色度。在他看来，人类分成正直的人和卑鄙的人，中间的人是没有的。谈及女人和爱情时，他总是充满热情并且十分兴奋，可是他却从没有恋爱过一回。

在城里，尽管他的批评意见尖刻和神经质，可是大家都喜欢他，背地里都亲切地称他为万尼亚[①]。他那天生的客气态度、乐于助人的精神、正派的作风、道德上的纯洁，他那穿旧了的常礼服、病态的外貌和家庭的不幸，都使人产生出一种美好的、温暖的和忧郁的感情。况且，他受过很好的教育，博学多才，按照城里人的说法，他通晓一切。在城里他就像是一部备人查考的活字典。

他读过很多书。他老待在俱乐部里，神经质地捋着自己的胡子，翻阅各种杂志和书籍。从他的脸上可以看出，他不是在看书，而是在"吞吃"书籍，几乎来不及咀嚼就吞下去了。应该认为，读书是他的一种病态的习惯，因为他不管碰到什么东西，哪怕是去年的报纸和日历，都同样贪婪地吞下去。在家里，他总是躺着看书。

---

① 伊万的爱称。

三

有一次，一个秋天的早晨，伊万·德米特里奇竖起大衣领子，走在泥泞路上，穿过胡同和后院，到一个小市民家去兑取执行票。像平常早晨一样，他心情不好。在一条胡同里，他碰见两个戴镣铐的犯人，他们被四个带枪的护送兵押着。过去伊万·德米特里奇也常遇见犯人，每次他们都引起他怜悯和难堪的感情。可是今天，这种相遇却给他留下一种特殊的、奇怪的印象。不知为什么，他忽然觉得他也可能被戴上镣铐，同样地走过泥泞，被送进监狱。他到那个小市民家去过以后，出来在回家的路上，在邮局附近遇见了一个他认识的警官。警官跟他打招呼，并顺着大街跟他走了几步。不知为什么，他觉得很可疑。在家里，他一整天都无法把那个犯人和持枪押送兵从脑子里赶走。一种莫名其妙的精神恐慌使他不能看书和集中精神。晚上他在屋里没有点灯，整夜睡不着觉，老是想到他可能被捕，戴上镣铐，被关进监狱。他知道他从来没有犯过什么法，而且可以担保将来也永远不会杀人，不会放火，不会做贼。不过，偶然地、无意中地犯罪，不也是容易的吗？难道不可能受诬陷吗？最后，审判方面的错误难道不可能吗？无怪乎自古以来的民间经验教导我们，谁也不能保证不讨饭和不坐牢。在当今的诉讼程序下，审判方面的错误是可能有的，这没有什么可大惊小怪的。那些跟别人的忧患有职务上和事务上联系的人，例如法官、警察、医生等，久而久之，由于习惯的势力，往往会使您僵化得即使想做好，也不能不对当事人采取形式主义的态度，这方面，他们同后院屠宰牛羊看不见血的农夫没有任何区别。在用形式主义和冷酷无情的态度对待人的情况下，要剥夺一个无辜的人的一切权利，判他服苦役，只需要一件东西：时间。只要有时间来完成一些法官因此可以拿到薪水的手续就行了。事后，你休想在这个离铁路二百俄里远的、肮脏的小城里找到什么正义和保障！再者，既然社会把一切暴力都当作合理的、适当的必要手段来对待，既然认为一切仁慈行为，例如宣告无罪判决，会引起一系列不满和报复情绪的迸发，那么，还去想什么公正性呢？岂不是很可笑吗？

早晨，伊万·德米特里奇从床上起来，非常害怕，额上冒着冷汗，已经完全相信自己随时都会被捕了。他想，既然昨天的沉重的思想那么久都没有离开他，那就是说，其中自有一分道理。那些思想实在不会无缘无故地钻到他脑子里来的。

有一个警察不慌不忙地从他窗前走过去，这是不无原因的。瞧，有两个人在房子附近停下了，并且默不作声。他们为什么沉默呢？

从此，伊万·德米特里奇白天黑夜都提心吊胆，凡是经过窗口或进院子里来的人，他都觉着是间谍和密探。中午，县警察局局长通常都坐着双马马车在大街上经过，他是从自己近郊的庄园回警察局去。可是伊万·德米特里奇每次都觉得他的车子走得太快,从而脸上有一种特殊的表情:显而易见,局长急着要去宣布,城里出现了一个很重要的犯人。只要门铃一响,或者有人敲门,伊万·德米特里奇就打哆嗦。每逢女房东家里来了新人,他就焦急不安。他碰见警察和宪兵就微笑,吹口哨,为的是要显出满不在乎的样子。他一连几夜都没有睡觉,等着被捕,可又装着像熟睡的人那样,大声打鼾和吁气,为的是让女房东觉得他睡着了。因为,要是他睡不着,就说明他一定由于良心责备而不安,而这就是最好的罪证。事实和健康的逻辑都使他相信,所有这些恐惧——都是荒诞无稽的,都是心理作用。如果把事情看得宽一些,不管是被捕还是坐牢,其实都没有什么可怕的,只要良心上坦然就行。可是,他越是有理智有逻辑地推论,他内心的不安就变得越厉害越痛苦。这倒和一个隐士的故事很相像:那隐士想在处女林里开辟一小块空地,可是他越是努力地用斧子砍,树林就长得越稠密、越茂盛。伊万·德米特里奇终于认识到这样做的徒劳无益,就索性不再去考虑了,完全陷入了绝望和恐惧之中。

他开始不与人来往,躲避人们。他对他的职务早先就厌恶,如今则简直无法忍受了。他很怕他什么时候会上当受骗,怕有人趁他不注意时往他的口袋里塞点贿赂,然后揭发他,或者是他自己无意中在公文上出点差错,类似伪造行为,或者丢了别人的钱等。奇怪的是,他的思想过去从来没有像现在这么灵活和机敏,他每天都想出成千种不同的理由认真地为自己的自由和名誉担忧。可是，这样一来，他对外界的兴趣，特别是对书的兴趣大大减弱了，他的记忆力也大大地不如从前了

春天，雪融化了。在墓地附近的一条山谷里发现了两具半腐烂的尸体——一个老太太和一个小男孩，带有因暴力致死的痕迹，城里人一直在谈论着这两具尸体和尚未查明的凶手。伊万·德米特里奇为了不让人家想到他杀了人，就在街上来回走动，脸带笑容。见到熟人的时候，则脸色一阵白、一阵红，并开始表白说，再没有比杀害弱者和没有自卫能力的人更卑劣的罪行了。但是这种虚伪的做法很快就使他厌倦了，他略加思考后便决定，就他现在的处境，最好还是躲到女房东的地窖里去。他在地窖里待了一天，然后又是一夜和第二个白天。可是冷得很，待到天黑，他就悄悄地像小偷一样溜回自己房里去了。他在房间中央站着，一动不动地留心听着，直到天亮。清早，太阳还没有出来，有几个砌炉匠来找女房东。伊万·德米特里奇明明知道他们是来翻修厨房里的炉灶的，可是恐惧却提醒他：这是警察装扮成了砌炉匠。他悄悄地离开了住所，充满恐惧，没戴帽子，也没穿外衣，就在大街上跑起来，狗汪汪叫着在后面追赶他。后面的什么地方有个农夫在叫唤，风在耳朵里呼啸，伊万·德米特里奇觉得，全世界的暴力都集合在一起了，正在后面追赶着他。

人们把他拦住，将他送回家，并打发女房东去请医生。医生安德烈·叶菲梅奇（关于他下文还要提到）吩咐

在他的头上放置冰袋，给他服点桂樱水，忧郁地摇摇头就走了。临走时医生对女房东说，他不再来了，因为他不该去妨碍人发疯。由于伊万·德米特里奇在家里无法生活和治疗，不久就被送到医院去，被安置在花柳病人的病房里。晚上他睡不着觉，任性胡闹，打搅别人，不久又由安德烈·叶菲梅奇决定，转到六号病房去了。

过了一年，城里已经把伊万·德米特里奇完全忘记了。他的书被女房东随便堆在敞棚下面的一辆雪橇上，被顽童们陆续地偷光了。

四

在伊万·德米特里奇的左边，我已经说过了，住着犹太人莫依谢依卡。右边住着一个农夫，全身肥胖，身体差不多滚圆，有一张呆板的、完全没有思想的脸。这是一个不会活动的、贪吃的、肮脏的动物，早已失去了思想和感觉的能力。从他身上不断散发出一股强烈的、令人窒息的臭味。

尼基塔在为他打扫时，拳脚相加，用尽全力地揍他。在这里，可怕的并不是他挨揍，这是可以习惯的，可怕的是这个愚钝的动物挨了毒打却没有反应，一声不吭，一动不动，眼睛里没有丝毫表情，只是轻轻地摇晃几下身子，就像一只沉重的大桶。

六号病房里的第五个，也就是最后一个病号，是一个小市民，以前他做过邮政局的拣信员，是一个又矮又瘦的金发男子，生一张善良的但又带点滑头的脸。根据他那双闪现着明亮快活的光芒、聪明而又安详的眼睛来判断，他是一个有心眼儿的人。他心里有一个很重要的、愉快的秘密：在他的枕头和褥子下面藏着什么东西，他不给任何人看。这倒不是怕被人抢去或偷走，而是不好意思拿出来。有时候，他走到窗口，背着同伴，低下头把什么东西戴在自己的胸口。谁要是在这个时候走到他跟前去，他就会感到很难为情，把东西又从胸口扯下来。不过要猜出他的秘密并不困难。

"您祝贺我吧，"他常常对伊万·德米特里奇说，"我已经被授予带星星的斯坦尼斯拉夫二级勋章了。带星星的二级勋章是只授给外国人的，可是不知为什么，他们却愿意破例地给了我。"他微笑着说，莫名其妙地耸耸肩膀，"这，老实说，我可真没料到。"

"这些事我一点也不懂。"伊万·德米特里奇忧郁地说。

"可是您知道我迟早会得到什么吗？"这位过去的拣信员接着说，狡猾地眯着眼睛，"我一定能得到一枚瑞士的'北极星'。这是值得去奔忙的勋章，一个白十字，加一条黑丝带。那是非常漂亮的。"

大概住在任何地方都没有像在厢房里那么单调了。早晨，除了瘫子和胖农夫之外，病人都到前堂的一个很大的双耳木桶里洗脸，再用病人服的衣襟擦脸，然后他们就用锡制的茶杯喝茶。茶是尼基塔从医院的主楼里提过来的，每个人发给一杯。中午他们喝酸菜汤和稀粥，晚上吃中午剩下的稀粥。其他空闲时间都躺着睡觉，望窗外，从这个角落走到那个角落，每天都是这样。就连过去的拣信员也老是谈他的那些勋章。

在六号病房里很少见到新人，医生早就不收新的疯子了。喜欢访问疯人院的人在这个世界上也不多。每隔两个月，理发师谢苗·拉扎里奇到这个厢房来一趟。至于他怎样给那些疯人理发，尼基塔怎样帮助他干这件事，以及这个笑嘻嘻的酒鬼理发师每次出现时病人们又是怎样的慌乱，我就不去描述了。

除了理发师，谁也没有来看过这个病房。病人们注定白天黑夜只能见到尼基塔一个人。

不过，不久前，在医院的主楼里传播着一种相当奇怪的风闻。

风传医生开始常到六号病房去。

五

奇怪的传闻！

安德烈·叶菲梅奇·拉京医生从某一点上说是与众不同的人。据说他还很年轻的时候非常信神，曾准备献身宗教事业。1863年中学毕业以后，他打算进一所神学院。可是他的父亲，一位医学博士兼外科医生，刻薄地嘲笑他，并断然宣布：若是他去当教士，他就不承认他是自己的儿子。是否真有其事，我不知道。不过，安德烈·叶菲梅奇不止一次地承认过，他从来就不觉得自己适合研究医学或一般的专门科学。

不管怎样，他在医科毕业后，并没有出家去当教士，也没有信教的表现，他当初和现在都是从医，不大像宗教界的人士。

他外表笨重、粗野，像个农夫。他的脸、胡子、平直的头发和结实粗笨的体格，很像大路边的小饭铺里那些吃肥了的、饮食无度、性情暴躁的店老板。他脸相严肃、布满青筋，眼睛很小，鼻子通红，身材很高，肩膀宽阔，手脚也很大，似乎一拳就能把人打死。可是他步态轻盈，走路小心，温文尔雅。若是在狭窄的过道里碰见人，他总是首先站住让路，说一声"对不起"。而且他说话的声音也有点出人意料，不是男低音，而是尖细柔和的男高音。他脖子上长了一个不大的瘤子，使得他不能穿硬领子衣服，所以他总是穿着软麻布的或棉布的衬衣。总之，他的穿戴不像是医生，他一件衣服可以穿上十年。新的衣服，他通常都到犹太人铺子里去买，一穿上去就像旧衣服一样，又皱又旧。看病、吃饭、做客，他总是穿着那套衣服。不过，他这样做并不是由于吝啬，而是他对自己的外表完全不在乎。

安德烈·叶菲梅奇来本城任职时，这个"慈善机构"的情况糟透了：病房里、过道里、医院的院子里，臭得叫人难以喘气。医院里的杂役、助理护士及他们的孩子们跟病人一块儿住在病房里。他们抱怨这里没法生活,因为蟑螂、臭虫和老鼠太多。在外科病房里,丹毒从没绝迹。整个医院只有两把手术刀,一个温度计也没有,浴室里堆放着土豆。总管、女管理员、医生都向病人勒索。安德烈·叶菲梅奇的前任是一个老医生。据说他似乎私下里卖过酒精,还与助理护士和女病人私通,情妇成群。城里人都非常清楚这些乌七八糟的事,甚至还添油加醋,但是大家对这种现象却满不在乎。有些人为其辩解说,躺在医院里的都是些小市民和农夫,他们不可能不满意,因为他们在家里住比医院里还要糟糕得多。总不能拿松鸡去喂他们吧!另一些人则辩白说:地方自治局不给资助,单靠城市本身,没有力量维持一个医院,谢天谢地,医院虽然不好,也总算还有一个。而新成立的地方自治局不论在城里还是郊区都没有开办诊所,理由是,城里已经有一个医院了。

巡视完医院后,安德烈·叶菲梅奇做出的结论是:这是一个道德败坏的机构,对病人的健康极其有害。按他的看法,可以做到的最聪明的办法,就是把病人放走,让医院关门。但是他考虑到,只是他一个人的意愿是办不成这件事的,而且这样办了也没有用。就算把肉体和精神上都不干净的人赶出一个地方,他们还会搬到另一个地方去。应该等他们自我消失。况且,既然人们开了这个医院,允许它在这里存在,那就是说,它是需要的,各种偏见和生活中的种种坏事和丑事也是需要的。因为慢慢地它们也会转化成某种有用的东西，就像肥料变成黑土一样。世界上没有一件美好的东西，在其刚开始的时候是不带一点污秽物的。

安德烈·叶菲梅奇任职后，对这些乌七八糟的现象显然相当冷漠。他只要求医院里的杂役和助理护士不要去病房里过夜，还添置了两个柜子的医疗器械。至于总管、女管理员、医士和外科的丹毒等，都没有变动。

安德烈·叶菲梅奇非常喜爱理性和正直，可是要他在自己身边建立有理性的和正直的生活，却缺乏坚强的意志力，也不大相信自己有这种权力。下命令、禁止、坚持，他实在不会，就好像他起过誓永远不提高嗓门说话，永远不用命令的口气似的。要他说"给我！"或"拿来！"是很困难的。他想吃东西的时候，总是犹豫地咳嗽一声，然后对厨娘说："给我喝点茶才好……"或者"给我开饭才好"。要他对总管说不要再偷东西，或者把他赶走，或者干脆把这个不必要的、寄生的职位撤销了——那是根本办不到的。当安德烈·叶菲梅奇受到欺骗或受到奉承，或者人家送来假单据让他签字时，他的脸会涨得像龙虾一样红，感到于心有愧，但他还是签了字。每当病人抱怨他们吃不饱，或者助理护士态度粗暴时，他都会很尴尬，抱歉地说："好，好，我以后调查一下……大概这里有误会……"

开始时安德烈·叶菲梅奇工作很努力，他每天从早晨到午饭时都给病人看病、动手术，甚至还接生。妇女们都说他工作认真，诊断很准确，特别是妇科和小儿科的病。

但是，渐渐地，由于工作单调乏味并且显然徒劳无益，他显然厌倦了。你今天接待三十个病人，明天你瞧，增加到了三十五个，后天则是四十个了。照这样，一天又一天、一年又一年过去了，但是城里的死亡率却并没有减少，病人还是不断地来。从早晨到午饭时要给四十个门诊病人认真看病，体力上是不可能办到的。因此这不能不是欺骗。简单地推算一下，一年接待一万两千个门诊病人，就等于欺骗了一万两千人。至于把重病号送进病房，按科学规则给他们治病，那也是办不到的，因为规则虽有，科学却无。如果丢开哲学议论，像其他医生一样，学究式地依据规则办事，那么，首先就需要清洁和通风，而不是肮脏的环境；需要健康的饮食，而不是臭酸菜汤；需要好的医务助理，而不是小偷。

是啊，既然死亡是每个人正常的合理的结局，又何必去阻拦人们死呢？即使某个商人或文官多活五年十年，那又有什么好处呢？如果认为医学的目的在于药物能减轻痛苦，那就不能不问一句：为什么要减轻痛苦呢？首先，据说，痛苦可以使人达到理想的境界；其次，人类要是真的学会了用药丸和药水减轻自己的痛苦，那就会把宗教和哲学完全抛掉。可是直到现在为止，人类不仅在其中找到了避免各种倒霉事的保障，甚至找到了幸福。普希金在临死前经受了可怕的痛苦，可怜的海涅在床上躺了好几年。为什么安德烈·叶菲梅奇或者玛特辽娜·萨维什娜就不能生病呢？他们的生活本来就毫无内容，如果再没有痛苦的话，就是完全空虚，跟变形虫的生活一样了。

安德烈·叶菲梅奇被这些推论压倒了，十分沮丧，已不再天天都到医院里去了。

六

他的生活就是这样过的。通常是早晨八点钟起床，穿衣服和喝茶，然后在自己的书房里坐下来看书或者到医院去。在这里，在医院里，门诊的病人坐在又窄又黑的过道里，等着看病。医院里的杂役和助理护士就在他们身边跑来跑去，皮鞋在砖砌的地板上踩得咯咯响。一些瘦弱的穿着病服的病人也从这里通过，死尸和盛着脏东西的器皿也从这里抬过去。孩子们在哭，吹来一阵阵过堂风。安德烈·叶菲梅奇知道，这样的环境对于发烧的、害肺病的和一般敏感的病人来说，是很难受的。但又有什么办法呢？在候诊室，他遇见了医士谢尔盖·谢尔盖伊奇。他是一个矮胖子，胖胖的脸刮得很亮，洗得干干净净，举止温和、平稳，穿一件新的宽大的衣服。他与其说像医士，不如说像一名枢密官。在城里他有很大的私人业务。他打着一个白领结，自认比那些没有私人行医业务的医生更内行。在候诊室一个角落的神龛里，放着一个大圣像，还有一盏笨重的神灯，旁边有一个读经台，罩着白布套，墙上挂着大主教的像、斯维亚托戈尔修道院的风景画和干矢车菊花圈。谢尔盖·谢尔盖伊奇信教，也喜欢华丽场面，圣像是他出资安置的。每逢星期日，他都指定一个病人去候诊室里朗诵赞美歌。朗诵完了之后，谢尔盖·谢尔盖伊奇便提着手提香炉，摇动它，使神香散出来，走遍所有病房。

病人很多，时间却很少。因此，医疗工作也就局限于问几句病情，发一点类似清凉油、蓖麻油之类的药品。安德烈·叶菲梅奇坐着，用拳头支着脸颊，沉思着，机械地提几个问题。谢尔盖·谢尔盖伊奇也坐着，搓着自己的小手，偶尔也插上一句话。

"我们之所以贫病交加，"他说，"是因为我们没有很好地向仁慈的上帝祈祷。对了！"

安德烈·叶菲梅奇诊病的时候，从不动手术，他早已不干这一行了，一见血他就不愉快地激动起来。当他必须让小孩张开嘴，看一下喉咙，而小孩却大哭大闹，用小手挡住时，耳朵里的闹声就会使他头晕，眼睛里会涌出泪水来。这时他就急忙地给开个药方，摆摆手，叫女人赶快把孩子带走。

在门诊时，病人的胆怯和头脑不清，身边打扮华丽的谢尔盖·谢尔盖伊奇，还有墙上的照片，以及二十多年来对病人不断地问过多少次的那些问题，这一切不久就使他厌烦了。他看完五六个病人后就走了，剩下的病人就由医士去接待。

安德烈·叶菲梅奇愉快地想道：谢天谢地，自己很久都没有私人行医了，现在谁也不会来打搅他了。因此，他一回到家，马上就在书房的桌子旁边坐下来，开始看书。

他读很多的书，而且总是很高兴，他的薪金有一半用在购书上。他的住所有六个房间，其中三个房间堆满了各种书籍和旧杂志，他最喜欢看的是历史和哲学方面的著作。医学方面，他只订了一份《医生》。读这本书时，他总是从后面读起。他看书，总是一看就是几个小时，中间不休息，也不感到累。他不像伊万·德米特里奇那样看得又快又急，而是慢慢地看，深入地领会，遇到他喜欢的或者不理解的地方常常就停一停。书的旁边总是放着一小杯酒，同时放一块腌黄瓜或渍苹果，不用碟子，就直接放在粗呢桌布上。每半个小时，他就眼睛不离书，倒上一小杯白酒喝下去，然后也不看，只是用手摸到黄瓜并咬下一小块。

到下午三点钟，他才小心地走到厨房门口，咳嗽一声，说道：

"达留什卡，给我开饭怎么样……"

安德烈·叶菲梅奇吃完一顿相当差的、不干不净的饭以后，就在书房里来回踱步，双手交叉放在胸口上，思索着。钟敲响了四点钟，然后是五点钟，可是他还在踱步，还在想事。偶尔厨房门嘎吱一声，达留什卡那张睡眼惺忪的红脸从门缝里探出来。

"安德烈·叶菲梅奇，您到喝啤酒的时候了吧？"她关心地问。

"不，还没到点……"他回答道，"我要再等一会儿……我要再等一会儿……"

到了傍晚，邮政局局长米哈依尔·阿维良内奇照例就来了。他是全城中安德烈·叶菲梅奇唯一不讨厌的人。米哈依尔·阿维良内奇以前是一个很富有的地主，曾在骑兵军里服役，后来破产了，为贫穷所迫，晚年就到邮政部门工作了。他精力充沛，很健康，留着白色的漂亮的连鬓胡子，彬彬有礼，嗓门洪亮而又好听。他心地善良，多愁善感，但脾气暴躁。每当邮政局里有顾客提出异议，不同意他的意见，或者要进行说理的时候，米哈依尔·阿维良内奇就脸红脖子粗，全身发颤，大声喊道："闭嘴！"因此，邮政局早就成了一个有名的单位，人们到这里来都心惊胆战。米哈依尔·阿维良内奇尊敬和喜欢安德烈·叶菲梅奇，是因为他有学问，精神高尚。可是他对小市民的态度则很高傲，就像对自己的部下一样。

"我来了！"他走进安德烈·叶菲梅奇的家时说，"您好，我亲爱的！您恐怕讨厌我了吧，对吗？"

"相反，我很高兴，"医生回答说，"我什么时候见到您都很高兴。"

两个朋友就在书房的长沙发上坐下来，默默地抽了一会儿烟。

"达留什卡，给我们拿啤酒来好吗？"安德烈·叶菲梅奇说。

他们喝了第一杯酒，仍然没有说话。医生一副若有所思的样子，米哈依尔·阿维良内奇则显出高兴快活的神情，仿佛有什么非常有趣的事要说似的。谈话总是由医生先开始。

"真可惜，"他慢吞吞地轻声说，摇摇头，眼睛并没有看着他的朋友（他从来不直视人家），"真是太可惜了，尊敬的米哈依尔·阿维良内奇，我们城里竟没有一个人能够而且喜欢聪明而有趣地谈谈话的人。这是我们最大的贫困。甚至知识分子也跳不出庸俗！我向您保证，他们的智力发展水平一点也不比下层人高。"

"完全正确。我同意。"

"您自己也知道，"医生小声地接着说，声音抑扬顿挫，"在这个世界上，除了最崇高的人类智慧的精神表现之外，其他一切都是无足轻重的、没有意义的。智慧在人类和动物之间划出了一条明断的界线，暗示着人类的神圣性，在某种程度上它甚至代替了实际并不存在的不朽。由此可以得出结论说，智慧是快乐的唯一可能的源泉。可是我们在自己的周围却看不见也听不见智慧。这就是说，我们的快乐被剥夺了。诚然，我们有书籍，但是这跟活生生的谈话和交际是根本不同的。要是您允许我打个不完全恰当的比喻的话，那么我就要说，书是音符，谈话才是歌。"

"完全正确。"

又是沉默。达留什卡从厨房里出来，带着不无哀伤的表情，用一只拳头支着脸，站在门口，想听听他们的谈话。

"唉！"米哈依尔·阿维良内奇叹了一口气，"您要求现在的人有智慧，休想！"

他谈到过去的生活如何健康、快活和有意义，从前俄罗斯的知识分子是多么聪明，他们使人格和友谊具有了崇高的概念。他们借给别人钱不要借据，认为对贫困的同伴不肯伸出支援的手则是可耻的。而且从前的出征、冒险和作战又是什么样子啊！什么样的伙伴，什么样的女人！而高加索是多么惊人的地方！有一个营长的妻子，是个怪女人，穿一身军官服装，每天傍晚一个人骑马到山上去，也没有向导。据说她跟山村里的一个小公爵有点风流韵事。

"圣母啊，妈呀……"达留什卡感叹道。

"那时的人又是怎样喝酒，怎样吃饭的啊！那时又有什么样的不可救药的自由主义者啊！"

安德烈·叶菲梅奇听着，但没有听进去，他一边喝啤酒，一边在想什么心事。

"我常常梦见聪明人，并与他们交谈，"他突然打断米哈依尔·阿维良内奇的话说，"我的父亲让我受了很好的教育，可是他在60年代的思想影响下，强迫我当了医生。我觉得，假如我当时不听从他的话，那么我现在一定处在智力运动的中心了。我大概已经是一个大学的教师了。当然，智慧也不是永久的，而是暂时的，不过，您已经知道，我为什么会对智慧抱有偏爱。生活是令人苦恼的陷阱。一个有思想的人到了成年时期，思想意识成熟了，他就会不由自主地感到自己进了没有出路的陷阱里。事实上，他从不存在到有了生命，并不是他自己做主的，而是某种偶然性使然……这是为什么呢？他想弄明白自己生存的意义和目的。人家却不跟他说，或者是说些荒唐话。他去敲人家的门，人家却不给他开门。死神来找他，那也不是他自己愿意的。因此，就像监狱里被共同的不幸联结着的人们，当他们聚集在一起时，会感到轻松一些。在生活中也是一样，喜欢分析和归纳的人凑到一起，交换交换自己骄傲而自由的思想，这样消磨时间，就不觉得自己是在陷阱里了。从这个意义上说，智慧是不可取代的快乐。"

"完全正确。"

安德烈·叶菲梅奇没有正面看着自己的交谈者，继续讲关于聪明人的事，讲他和他们的谈话。他说话很轻，有时也停顿一下。米哈依尔·阿维良内奇则仔细地听着他讲，表示同意地说："完全正确！"

"您不相信灵魂不朽吗？"邮政局局长突然问一句。

"不，米哈依尔·阿维良内奇，我不相信，而且也没有理由相信。"

"老实说，我也怀疑。尽管我有一种感觉，似乎我永远不会死。我在想，哎哟，老家伙，也该死了！而我的灵魂里却有一个小小的声音在说：别相信，您不会死！……"

九点钟一过，米哈依尔·阿维良内奇要告辞了。在前堂穿上皮大衣后，他叹口气说：

"可是命运把我们送到什么样的荒凉的地方来了！最恼恨的是，我们将不得不死在这里。唉……"

七

送走朋友之后，安德烈·叶菲梅奇在桌边坐下来，又开始看书。傍晚和后来的夜晚都很安静，没有一点声音干扰。时间仿佛停住了，同看书的医生一起呆然不动，而且除了书和带绿灯罩的灯以外，仿佛什么都不存在了。医生的那张粗糙的、农夫一样的脸表现出一种非常感动的笑容和在人类智慧运动面前的喜悦。"啊，为什么人不能长生不死呢？"他在想，"为什么人要有脑中枢和脑室？为什么人要有视力，会说话，能自我感觉和有天才呢？而这一切岂不都注定要埋进土里，最后与地壳一同冷却，然后又是几百万年，无意义也无目的地随着地球围绕太阳旋转吗？只为了冷却，然后再去旋转，根本不需要把人及其崇高的、近似神的智慧从不存在中引出来，然后又好像开玩笑似的把他变成黏土。"

"新陈代谢！可是用这种不朽的代用品来安慰自己是何等的怯懦啊！自然界的这种无意识的变换过程甚至比人类的愚蠢还要低级，因为不管怎么样，愚蠢中还有意识和意志，而在上述那种过程里却什么也没有。只有在死亡面前尊严多于恐惧的懦夫才会安慰自己说：他的身体将会活在青草里、石头里、癞蛤蟆身上……在新陈代谢中看到自己的不朽是奇怪的，就像一把珍贵的提琴砸碎没用了之后，却预言装提琴的盒子将会有灿烂的前途一样。"

每当时钟敲响，安德烈·叶菲梅奇便把身子向圈椅背上靠一靠，闭上眼睛，思考一会儿，不由得在刚从书上读到的美好思想的影响下，回眸一下自己的过去和现在。过去令他厌恶，还是不去回忆为妙，可是现在也和过去一样。

他知道，当他的思想正随着冷却下去的地球围绕太阳旋转的时候，在同医生住宅并排的大房子里，人们却在疾病和肉体方面的不洁中受苦。也许，有的人睡不了觉，正在同蚊虫作战，有的人正在受丹毒的传染，或者由于绷带扎得太紧而在呻吟。也许病人们正在跟助理护士打牌、喝酒。每年总有一万两千人上当受骗。所有医院里的事情都跟二十年前一样，建立在盗窃、争吵、毁谤、徇私舞弊上面，建立在粗野的招摇撞骗上面。医院仍旧是一个不道德的机构，对病人的健康极端有害。他知道尼基塔在六号病房的铁栅栏里殴打病人，也知道莫依谢依卡每天到城里去乞讨。

另一方面，他也非常清楚地知道，近二十五年来医学上发生了神话般的变化。在大学念书的时候，他曾以为医学不久就会遭到与炼金术、玄学同样的命运。而现在，每当他晚上看书，医学却使他感动，使他惊奇，甚至兴奋。真的，这是多么意想不到的辉煌，什么样的革命啊！由于有了防腐方法，伟大的皮罗戈夫[1]认为，就连将来[2]都无法做的手术现在都可以做了。地方自治局的普通医生都能做截除膝关节的手术，一百例剖腹手术中只有一例造成死亡。至于结石病，那已被看作是小事一桩了，甚至已没有人为它写文章了。梅毒已经可以根治了，而遗传学理论、催眠学，巴斯德[3]和科赫[4]的发现，以统计学为基础的卫生学，

---

[1] 皮罗戈夫（1810—1881），俄国外科专家和解剖学家。
[2] 原文为拉丁文。
[3] 巴斯德（1822—1895），法国生物学家。
[4] 科赫（1843—1910），德国微生物学家。

还有我们俄罗斯地方自治局的医生的工作精神病学以及现代精神病分类法、诊断法和医学疗法等——与过去相比，这些成就简直和整个厄尔布鲁士①一样高大。现在人们不再给疯子头上泼冷水了，也不再给他们穿紧身衣了，人们已用人道的态度对待疯子，甚至像报纸上说的，为他们举办舞会和演出。安德烈·叶菲梅奇知道，从现在的眼光来看，像六号病房这样糟糕的情形也许只有在离铁路二百俄里远的小城中才会出现。这个小城的市长和所有的自治会的议员都是半文盲的小市民，他们把医生看作是术士，即使医生要把烧熔的锡灌进他们的嘴里，他们也会相信医生，不会有半点批评。要是在别的地方，社会公众和报纸早就把这个小小的巴士底狱②砸得粉碎了。

"那又怎么样呢？"安德烈·叶菲梅奇自问道，睁开了眼睛，"由此又能得出什么结论呢？有了防腐方法，有了科赫，有了巴斯德，也丝毫不能改变事物的实质，患病率和死亡率仍旧一样。他们给疯人开舞会和演出，仍旧没有给他们自由，就是说，还是胡诌和徒劳无益。在最好的维也纳医院和我们的医院之间，实际上没有任何的区别。"

可是悲哀和一种类似嫉妒的东西却不允许他漠不关心，这大概是他疲倦了的缘故。那沉甸甸的脑袋向书本垂了下去，他就用双手托住脸，以便舒服一点。他想道：

"我在为有害的事业服务，并从被我欺骗的人那里领

---

① 厄尔布鲁士，高加索地区的高山。
② 巴士底狱，1789年法国大革命时期，巴黎人民捣毁的黑暗的监狱。

取薪水，我不诚实。可是，须知，我本人是无能为力的，我只是必然的社会罪恶的一小部分，所有县城的官员都是有害的人，都白白拿薪水……也就是说，我不诚实并不能怪我，而要怪时代……如果我晚降生二百年，我就成为另一个人了。"

当时钟敲了三次时，他吹灭了灯，走进卧室，但他不想睡。

八

两年前，地方自治局忽然慷慨起来，决定每年拨款三百卢布作为津贴，为城市医院扩充医务人员使用，直到地方自治局医院开办为止。为了协助安德烈·叶菲梅奇工作，县医生叶夫根尼·费多雷奇·霍博托夫也应邀进城。这是一个还很年轻的人，甚至不到三十岁，高个子，黑头发，高颧骨，小眼睛。大概他的祖先是异族人。他进城来的时候，身无分文，只有一个小手提箱，还带来一个年轻的丑女人，他称她是自己的女厨子。这个女人有一个正在喂奶的孩子。平时，叶夫根尼·费多雷奇穿一双高筒皮鞋，戴一顶硬帽檐的大檐帽，冬天则穿一件短羊皮袄。他同医士谢尔盖·谢尔盖伊奇以及会计成了好朋友，而对其他职员却不知为什么称为贵族，而且躲开他们。他整个住宅只有一本书：《一八八一年维也纳医院的最新处方》。他去出诊的时候，手里总是带着这本书。每到傍晚他都到俱乐部去打台球。纸牌他不喜欢玩。谈话时他最喜欢用的词是：无聊的拖延、废话连篇、故布疑阵，等等。

他一星期去医院两次，查病房和在门诊室诊病。医院里根本没有防腐剂，放血用抽血缶。这一切都使他愤懑，但他也不使用新的方法，害怕这样会得罪安德烈·叶菲梅奇。他认为自己的同行安德烈·叶菲梅奇是个老滑头，怀疑安德烈·叶菲梅奇有很多财产，暗地里嫉妒安德烈·叶菲梅奇。他恨不得占据安德烈·叶菲梅奇的职位。

九

三月底，一个春天的黄昏，地上已经没有积雪了，椋鸟在医院的花园里歌唱。医生送朋友邮政局局长出了大门，正好在院子里碰上了犹太人莫依谢依卡带着别人给他的施舍品回来了。他没有戴帽子，一双赤脚上穿着低靿套鞋，手里拿着一小包施舍物。

"给我一个戈比吧！"他微笑着对医生说，身体冻得发抖。

安德烈·叶菲梅奇从来不会拒绝别人的要求，给了他一个十戈比的银币。

"这多么糟糕啊，"他想，一边瞧着犹太人的赤脚和又红又瘦的脚踝，"都湿啦。"

于是他心里引起一种既像是怜悯又像是厌恶的感情。他跟在犹太人后面走进了厢房，时而看着他的秃顶，时而看着他的脚踝。医生进来时，尼基塔便从破烂堆上跳下来，立正站着。

"您好，尼基塔，"安德烈·叶菲梅奇温和地说，"发给那个犹太人一双靴子才好，难道不是吗？不然他会着凉的。"

"是，老爷，我去报告总管。"

"好吧，您就用我的名义去请求好了。就说是我要求的。"

从前堂到病房的门敞开着。伊万·德米特里奇在床上躺着，他用胳膊肘支起身体，惊恐地倾听着陌生人的声音。他突然认出是医生，气得全身发抖，从床上跳下来，满脸凶狠、通红，眼睛凸出，跳到病房的中央。

"医生来了！"他大声喊叫，并哈哈笑起来，"终于来了！先生们，我祝贺你们。医生赏光，拜访来了！该死的败类！"他尖声叫道，并跺起脚来。病房里还从来没见过他如此怒气若狂，"打死这个败类！不，打死还便宜他了！把他淹死在粪坑里！"

安德烈·叶菲梅奇听见这话后，便从前堂探头向病房里看，温和地问道："为什么？"

"为什么？"伊万·德米特里奇大声嚷道，带着威胁的姿态走到他跟前来，又赶忙把衣服裹紧，"为什么？您是贼！"他嫌恶地说，好像要向他啐口痰似的努起嘴来，"骗子，刽子手！"

"请您安静一点，"安德烈·叶菲梅奇说，抱歉地笑了笑,"我向您保证,我从来没有偷过什么东西。至于其他,您大概说得太夸张了。我知道,您在生我的气。我求您,您安静一点,如果可能的话,请您冷静地告诉我,您为什么要生气?"

"那您为什么要把我关在这里?"

"因为您有病。"

"是的,我有病。但是要知道,成十成百的疯人都能自由自在地走来走去,因为您无知,不能辨别疯子和健康的人。为什么我和这些人就应该像替罪羊似的替大家被关在这里呢?您、医士、总管,所有你们这些医院里的坏蛋,在道德方面都要比我们不知低下多少,那为什么关在这里的不是你们而是我们呢?合理吗?"

"这与道德和合理性不相干。一切取决于机遇。谁被关了起来,谁就得待在这里;谁若是没有被关起来,谁就可以走来走去。就是这么一回事。至于我是医生,您是精神病人,这里既没有道德,也没有合理性可言,只不过是毫无缘由的凑巧罢了。"

"这种胡说八道我不懂……"伊万·德米特里奇闷声闷气地说,在自己的床上坐下来。

尼基塔不敢当着医生的面去搜莫依谢依卡的身。莫依谢依卡就把一小块一小块面包、碎纸片、小骨头摊开放在自己的床上。他仍旧冻得打战,用犹太话说起来,说得很快,像唱歌似的。他大概在幻想他开铺子了。

"放我出去吧。"伊万·德米特里奇说,他的嗓音发颤。

"我不能。"

"那是为什么?为什么呢?"

"因为,我没有这种权力。您想想吧,就算我把您放了出去,这对您又有啥好处呢?您走出去,城里人或警察会把您抓住,又送回来的。"

"是的,是的,这倒是实话……"伊万·德米特里奇说,用手擦了擦自己的脑门,"这真可怕!可是我怎么办呢?怎么办呢?"

安德烈·叶菲梅奇喜欢伊万·德米特里奇的声音、他的年轻聪明的面容及其怪相。他想对这个年轻人表示一点亲热,安慰安慰他。他在床边挨着他坐下来,想了想,说道:

"您问我怎么办?就您的处境,最好是从这里逃走。但是,很可惜,这也没用。人家会逮住您。法律要求防范罪人、精神病人和一般使人难堪的人。这是不可阻止的。您现在只能是安下心来,认定待在这里是不可避免的。"

"这是任何人都不要待的地方。"

"既然存在监狱和疯人院,那就总该有人关在里面。不是您,就是我;不是我,就是另外第三个人。您等着吧,到遥远的未来,当监狱和疯人院都不再存在的时候,也就不会再有窗上的铁格栅了,不会再有这种病人服了。当然,这样的时代迟早会到来的。"

伊万·德米特里奇冷笑了一下。

"您是在开玩笑吧,"他说,眯缝着眼睛,"像您和您的助手尼基塔之流的老爷们跟未来是一点关系也没有的。不过您可以放心，阁下，美好的时代是要到来的！让我用粗俗的话来表达一下我的意见，您尽管笑好了，新生活的黎明会放光的，真理会胜利的，到那时候，我们将在街上庆祝节日！我是等不到那一天了，我会死去，不过总有人的子孙会等到的。我将用自己的整个灵魂祝贺他们，我会高兴，为他们高兴！前进吧！让主保佑你们，朋友们！"

伊万·德米特里奇闪着发亮的眼睛站起来，把手伸向窗口，继续激动地说："我从这铁格栅的窗户里祝福你们！真理万岁！我真高兴！"

"我不认为有什么特别的理由可以高兴，"安德烈·叶菲梅奇说，他觉得伊万·德米特里奇的动作像在演戏，不过他也很喜欢，"监狱和疯人院将不再存在，真理也会像您所说的那样胜利，但是要知道，事物的本质不会变，自然界的规律也照样存在，人们还会像现在这样生病、衰老、死亡。不管将会有多么壮丽的黎明照亮您的生活，到头来您还是要躺进棺材里，钉上钉子，被扔进坑里去。"

"那么长生不死呢？"

"唉，别提啦！"

"您不相信，可我相信。不知是在陀思妥耶夫斯基还是在伏尔泰的作品里，有一个人物说：要是没有上帝，人们就会把它想出来。我深深地相信：要是没有长生不死，伟大的人类智慧也迟早会把它发明出来。"

"说得好。"安德烈·叶菲梅奇说，满意地微笑着，

"您相信，这很好。有了这样的信心，就是被囚禁在四墙当中，也能生活得很快活。您以前大概在什么地方受过教育吧？"

"是的，我上过大学，但没有毕业。"

"您是一个有思想、爱思考的人。不论在什么环境里，您都能保持内心的平静。极力想弄懂生活的自由而深刻的思索和对世界的无谓纷扰的完全蔑视，这是两种幸福，人类还从来不知道有比这更高的幸福。而您却能享有这样的幸福，尽管您生活在三道铁格栅里。狄奥根尼[①]住在一个木桶里，可是他比世界上所有的皇帝都幸福。"

"您的狄奥根尼是个糊涂虫。"伊万·德米特里奇阴郁地说，"您干吗给我讲什么狄奥根尼呢？讲什么理解生活呢？"他忽然生气了，跳了下来，"我爱生活，强烈地爱！我患了被迫害妄想症，经常有一种痛苦的恐惧。不过有时候我也充满对生活的渴望，这时我就害怕自己会发疯。我非常想生活，想得要命！"

他激动地在病房里走来走去，然后压低声音说：

"每当我幻想的时候，我就会产生一种幻觉，有些人走到我跟前来，我听得见说话声和音乐，我好像在一个树林里散步，在海岸上走，我是那么热切地渴望无谓的奔忙和操心……那么，请告诉我，外面有什么新闻吗？"伊万·德米特里奇问道，"外面怎么样？"

"您是想知道城里的情况，还是一般的情况呢？"

[①] 狄奥根尼（公元前约400—公元前约325），古希腊哲学家。

"那您就先给我讲讲城里的情况吧,然后再讲一般的。"

"好吧。城里难受而又无聊……找不到说话的人,也没有人听你说话。没有新人。不过,最近来了一个姓霍博托夫的年轻医生。"

"我还活着,他就来了。他怎么样?粗野吗?"

"是的,他不是个有教养的人。您知道吗,很奇怪……从各方面看,我们的大城市里,并没有智力停滞的情况,那里挺活跃,就是说,应当有真正的人。可是,不知为什么,每次从他们那里派到我们这里来的都是些让人看不上眼的人。真是不幸的城市!"

"是的,是个不幸的城市!"伊万·德米特里奇叹口气,笑了起来,"那么,一般的情况又怎么样?报纸上和杂志上都写些什么呢?"

病房里已经黑了。医生站起来,站着讲国外和俄罗斯报刊上写的东西,现在有些什么思潮。伊万·德米特里奇留心听着,提出一些问题。可是他忽然好像想起了什么可怕的事似的,抱住头,背对着医生,躺在床上。

"您怎么了?"安德烈·叶菲梅奇问。

"您再也别想从我这里听到一个字!"伊万·德米特里奇粗暴地说,"您走开吧!"

"这是为啥呢?"

"我跟您说:'您走开!'干吗还问!"

安德烈·叶菲梅奇耸耸肩膀,叹口气,走了出去。穿过前堂时,他说:"这里要打扫一下才好,尼基塔……气味难闻极了!"

"是,老爷。"

"一个多么可爱的年轻人!"安德烈·叶菲梅奇想,走回自己的住所去,"自从我在这里住下来后,好像这是第一个能够谈得来的人。他善于思考,他所关心的也正是应当关心的事。"

不论是看书,还是后来躺下睡觉时,他都老是想着伊万·德米特里奇。第二天早晨一醒来,他便回想起昨天他认识了一个聪明而又有趣的人,并决定一有机会便再去看他一次。

十

伊万·德米特里奇还是像昨天一样的姿势躺着,双手抱住脑袋,缩着腿,看不见他的脸。

"您好,我的朋友,"安德烈·叶菲梅奇说,"您没有睡觉吧?"

"第一,我不是您的朋友;"伊万·德米特里奇把头埋在枕头里说,"第二,您枉费心机,您别想从我这里再听到一个字。"

"真奇怪……"安德烈·叶菲梅奇有点难为情地小声说,"昨天我们谈得挺投机的。可是不知为什么,您忽然生气了,立刻就中断了谈话……也许是我说了什么不恰当的话吧？或者是可能说了些不合您的信念的想法……"

"是啊，居然要我相信您的话！"伊万·德米特里奇欠起身来说，并以嘲讽和恐惧的眼光看着医生。他的眼睛发红，"您尽可以到别的地方去当密探、去打听，而在这里您可是无所作为。我从昨天就已经明白您是为什么到这里来的。"

"古怪的幻想！"医生笑一笑说，"就是说，您把我当成密探了？"

"对，我是这么认为的……不管是密探还是医生，您反正是受命来探听我的——这反正都是一回事。"

"哎哟，请让我说句实话，您可真是一个……怪物！"

医生在床边的一张凳子上坐下来，带着责备意味地摇摇头。

"不过！假定您的话是对的，"他说，"假定我是暗中套您的话，以便把您交给警察局，于是您被捕，然后受审。可是，您在法庭上或监狱里难道会比这里更糟吗？就算您被流放甚至服苦役，难道会比关在这个厢房里更糟吗？我认为，不会更糟……那还有什么可怕的呢？"

显然，这些话对伊万·德米特里奇起了作用。他安心坐下来了。

下午四点多钟，通常这个时候安德烈·叶菲梅奇都在自己家里各个书房里走来走去，而达留什卡则会问他到了喝啤酒的时间没有。外面风和日丽，是晴朗的天气。

"我吃过午饭便来溜达溜达，您瞧，就走到您这里来了。"医生说,"现在完全是春天了。"

"现在是什么月份?是三月?"伊万·德米特里奇问道。

"是的,现在是三月末了。"

"外面很脏吧?"

"不!不太脏。花园里已经走出小道了。"

"现在要是能坐上马车到城外什么地方去走一走倒是挺不错的。"伊万·德米特里奇说,揉了揉自己的眼睛,好像半睡不醒似的,"然后回家去,走进温暖舒适的书房……请一个正派的大夫来治治头疼病……我好久没有像普通人那样生活了。而这里却糟透了,真叫人无法忍受!"

自从昨天受刺激之后,他疲倦了,显得没精打采,也不大想说话了。他的手指在发抖,而且从他的脸色可以看出,他头疼得很厉害。

"温暖舒适的书房跟这个病房也没有什么差别。"安德烈·叶菲梅奇说,"人的宁静和满足不在于人的外部,而在人的内心。"

"这是什么意思?"

"平常的人从身外之物,即从马车和书房里去寻找好的或坏的东西,而有思想的人则是在自己内心里寻找这些东西。"

"请您到希腊去宣传这种哲学吧,那里挺暖和,而且到处充满酸橙的气味,而这里的气候不适合于这种哲学。我这是跟谁谈起狄奥根尼来着?是跟您吗?"

"是的,您昨天跟我谈过。"

"狄奥根尼不需要书房和温暖的住所,那边没有这些东西就已经够热了。躺在木桶里,吃橙子和橄榄就行了。但是,他要是有机会到莫斯科住,那他就别说是十二月份,就是五月份来,也会要求住到房间里去。恐怕他会被冻得蜷起来了。"

"不,寒冷也和一般所有疼痛一样,可以感觉不到。马可·奥勒留[①]说过,疼痛是一种关于疼痛的活生生的概念:用意志力可以改变这个概念,丢开它,停止诉苦,疼痛就会消失。这话有道理。圣人,或者只要是有思想、爱思索的人,他们与众不同之处正在于他们蔑视痛苦,他们永远心满意足,对任何事情都不感到惊奇。"

"就是说,我是个白痴,因为我痛苦,我不满足,我对人的卑鄙感到惊奇。"

"您这就不对了。如果您多想一想,您就会明白,所有那些使我们激动的外在的东西都是微不足道的。应该努力去理解生活,真正的幸福就在其中。"

"理解……"伊万·德米特里奇皱起眉头说,"内在,外在……对不起,这我不懂。我只知道,"他说,站了起来,生气地看着医生,"我只知道上帝是用热的血和神经创造了我。对了,先生。人的机体组织若是有生命的话,它就会对一切刺激有所反应。我就有反应!我痛,我就用叫喊和泪水来回答。对卑鄙,我就愤怒;对污浊,我就憎恶。

---

① 马可·奥勒留(121—180),罗马帝国皇帝,是斯多葛派最后一个大哲学家。

说实在话,我认为,只有这才叫生活。机体越是低级,它的敏感性也就越差,从而对刺激的反应就越弱;机体越高级,感受就越敏感,对现实生活的反应就越有力。这点道理您怎么会不懂呢?您是医生,却不懂这些小事!为了能蔑视痛苦,永远心满意足,什么都不感到惊奇,那就得落到——瞧,那样的地步才成。"伊万·德米特里奇指了指那个肥胖得满身脂肪的农夫说,"或者是,在苦难中把自己折磨得麻木不仁,对苦难失去一切感觉。换句话说,也就是停止生活才行。对不起,我不是圣人,也不是哲学家,"伊万·德米特里奇愤慨地继续说,"这些道理我一点也不懂。我不会讲道理。"

"相反,您辩论得很出色。"

"您模仿的斯多葛派①,曾经是很出色的一些人。不过,他们的学说早在两千年前就已经停滞,不能再向前迈出一步,而且将来也不能前进了。因为这种学说不符合实际,没有生命力。它只能在少数人当中才会得到一些成绩,可是大多数人都不懂。鼓吹对财富冷漠、对舒适的生活冷漠、对痛苦和死亡加以蔑视的学说,对绝大多数的人来说是完全不能理解的。因为这大多数人从来没有享有过财富,也没有享受过舒适的生活。而蔑视痛苦,对他们来说,就是蔑视生活本身,因为人的全部实质就是由饥饿、寒冷、委屈、丧失等感觉以及哈姆雷特式的怕死的感觉构成的。这

---

① 斯多葛派,一个古代的伦理方面的哲学流派,宣传清心寡欲,珍惜自己的"命运"。

些感觉就是全部生活。人可以感到生活苦恼，憎恨生活，可是不会蔑视生活。对了，所以我要再说一遍：斯多葛派的学说永远不会有什么前途。从开天辟地到今天，正如您看到的，斗争、对痛苦的敏感、对刺激的反应……是与日俱增的。"

伊万·德米特里奇突然失去了思路，停下来，懊丧地揉搓着额头。

"我本想说些重要的话，可是思路断了。"他说，"我刚才说什么来着？对，我想说的是：有一个斯多葛派的人为了替亲人赎身，就自己卖身做了奴隶。您看，这就是说，斯多葛派的人也是有反应的，因为要做出舍己为人的慷慨行为，就需要有愤慨和同情的灵魂。在这个监狱里，我已把我以前学到的所有的东西都忘掉了，否则我还能想起一些别的事情来。比如，基督又怎么样呢？基督对现实生活的回报是：哭泣、微笑、伤心、发怒，甚至难过。他没有带着微笑去迎接苦难，也没有蔑视死亡，而是在客西马尼花园里祷告，求这辈子离开他①。"

伊万·德米特里奇笑起来，坐下。

"即使人的安宁和满足不在外界而在内心，"他说，"即使人需要蔑视痛苦，对任何事都不感到惊奇，可是您又有什么理由来宣传这个呢？您是圣人？哲学家？"

"不，我不是哲学家，不过每个人都应当宣传这个道理，因为这是合理的。"

---

① 见《马太福音》第二十六章第三十六节。

"不，我想知道，为什么您认为自己有资格谈论什么理解、蔑视、痛苦等呢？难道您什么时候受过苦吗？您懂得什么叫痛苦吗？请问：孩提时您挨过打吗？"

"没有，我的父母是讨厌体罚的。"

"我父亲却非常残忍地鞭打过我。我父亲是个严厉的、害了痔疮的文官，他鼻子长，黄脖子。不过我们还是来谈谈您吧。您一生都没有被人用手指头碰过一下，谁也没有吓唬过您，没有打过您。您结实得像头牛。您在您父亲的保护下长大，由他教您读书，后来又一下子谋取到了这个薪水很高而又轻闲的职务。您二十多年都住着不花钱的房子，还有暖气，有灯光，有用人，而且您有权爱怎么干就怎么干，愿意干多少就干多少，甚至可以什么也不干。您秉性是个懒惰、疲沓的人，因此您尽力把您的生活安排得不让任何事情打搅您，可以坐着不动。您把事情都交给医士和其他恶棍去办，您自己则坐在温暖清静的地方攒钱、看书，为了自我消遣而想一些乱七八糟的所谓高尚的琐事。而且，（伊万·德米特里奇看着医生的红鼻子）还喝酒。一句话，您并没有见过生活，您完全不知道生活，您只是在理论上认识生活。您蔑视苦难，对任何事情都不感到惊奇，都是根据一种很简单的理由：所谓一切皆空啦，内在外在啦——这一切都是最适合于俄罗斯懒汉的哲学。例如，您看见一个农夫在打老婆，会说，何必去干预呢？就让他打吧，反正他们迟早都要死的。况且打人的人所凌辱的并不是被打的人，而是打人者自己。酗酒是愚蠢的，而且不成体统，但是喝酒是死，不喝酒也是死。一个女人来找你，说她头疼……嘿，那又有什么呢？疼痛乃是关于疼痛的一个概念而已，何况人生在世是免不了有病痛的，大家都总是要死的。所以，娘儿们，你们走开吧，别妨碍我思考和喝酒。年轻人来请教如何生活，您会怎么办？换了别人，在回答之前还想一想，而您的回答却早就准备好了：努力去理解吧，或者努力去追求真正的幸福吧。可是这个玄妙的"真正的幸福"又是什么呢？当然不会有答案的。我们在这里被关在铁格栅里，受长期监禁的痛苦，长期受折磨，可这很好，合情合理，因为这个病房与温暖舒适的书房两者之间没有任何区别。好方便的哲学：不用做事，而良心又清清白白，并且还觉得自己是个圣人……不，先生，这不是哲学，不是思想，也不是眼界开阔，而是懒惰，是江湖杂耍，是浑浑噩噩的痴呆……是的！"伊万·德米特里奇又生气起来，"您蔑视痛苦，可是要是您的手指头让门夹一下，您恐怕就会大喊大叫起来了。"

"也许我不叫呢。"安德烈·叶菲梅奇温和地笑笑。

"那当然！不过您瞧着吧，要是您中了风，或者假定有个傻瓜或厚颜无耻的人利用自己的地位和官品当众侮辱您一番，而且您也知道，他这样做了还可以逍遥法外——到那时，您就明白您要别人去理解生活和寻找什么真正的幸福是怎么一回事了。"

"这话很新颖，"安德烈·叶菲梅奇说，高兴地笑笑，搓搓手，"您那种对归纳和总结的爱好我也很喜欢，并且使我惊讶。刚才承蒙您对我的性格所说的一席话，简直是太精彩了。说实在话，跟您谈话使我得到巨大的乐趣。好了，我已经听过了您的话，现在请您费神也听听我说几句吧……"

十一

这次谈话又继续了差不多一个小时。很明显，给安德烈·叶菲梅奇留下了深刻的印象。从此他便每天都到厢房里去，他每天早晨和午饭后到那里去，常常是天黑了还在跟伊万·德米特里奇谈话。开始的时候，伊万·德米特里奇见着他还有些害怕，怀疑他有什么不良居心，公开表示对他的不友好，后来习惯了，对他从不客气的态度转变为宽容的讥诮的态度。

很快医院里便散播出一种流言，说安德烈·叶菲梅奇医生经常去拜访六号病房。不论是医士、尼基塔，还是助理护士，都不明白他为什么要到那里去，为什么在那里一坐就是几个钟头，他们谈了些什么，为什么不开药方。他的行为显得古怪。米哈依尔·阿维良内奇在家里常常见不到他，这在过去是从来没有过的。达留什卡也很难办，因为现在医生不按一定的时间喝啤酒，有时甚至连午饭也耽误了。

有一次，这是在六月末，霍博托夫医生有点事来找安德烈·叶菲梅奇。在家里没见到他，就到院子里去找，人

家告诉他,说老医生到精神病人那里去了。霍博托夫便到厢房里去,站在前堂,听见了下面的谈话:

"我们永远也谈不到一块儿,您要我信您的信仰,那也办不到。"伊万·德米特里奇愤慨地说,"您完全不了解现实生活,您从来没有受过苦,只是像吸血虫那样靠别人的痛苦生活,我却从生下来那天起至今一直不断地受苦。因此我要坦率地说,我认为我在各方面都比您更高明,更在行。用不着您来教训我。"

"我根本没有要求您信我的信仰,"安德烈·叶菲梅奇小声说,并为对方不愿意理解他而表示遗憾,"问题不在这里,我的朋友,问题不在于您受了苦而我却没有受苦。痛苦和快乐都是暂时的,别去管它们。问题在于,我和您都在思考,我们看出彼此都是能够思考和推断的人。因此,尽管我们的观点不同,但这一点就使我们一致起来了。我的朋友,如果您知道我是多么讨厌那种普遍的狂热、平庸和迟钝,而我每次跟您谈话又是感到多么高兴就好了!您是个聪明人,我很欣赏您。"

霍博托夫把门推开一点缝,朝病室里看了一眼:戴着睡帽的伊万·德米特里奇和安德烈·叶菲梅奇医生并排坐在床上。疯子歪扭着脸,全身发颤,抽搐地裹紧身上的衣服。医生坐在那里,垂着头,一动不动,满脸通红,一副忧伤的束手无策的样子。霍博托夫耸耸肩膀冷笑了一下,与尼基塔相互看了一眼。尼基塔也耸了耸肩膀。

第二天,霍博托夫和医士一起到厢房里来了,他们俩站在前堂偷听。

"我们的老大爷好像完全不正常了!"霍博托夫说,离开了厢房。

"主啊,饶恕我们这些有罪的人吧!"穿着华丽衣服的谢尔盖·谢尔盖伊奇感叹道,小心地绕过水洼,免得弄脏了自己擦得锃亮的皮鞋,"说实在话,敬爱的叶夫根尼·费多雷奇,我早就料到会出这种事的!"

十二

这之后,安德烈·叶菲梅奇开始发现周围有一种神秘的气氛。那些杂役、助理护士和病人碰见他的时候,都用一种疑惑的目光看着他,然后交头接耳。过去他常常在医院花园里高兴地碰见总管的女儿小姑娘玛莎,而现在当他微笑着走到她跟前,想抚摸一下她的小脑袋时,她却不知为什么躲开他。邮政局局长米哈依尔·阿维良内奇听他说话后,也不再说"完全正确"了,而是莫名其妙地腼腆起来,含糊地说:"是啊,是啊……"并且若有所思地、悲伤地看着他。不知为什么,他开始劝说自己的朋友戒掉白酒和啤酒。不过他是很客气的人,他并没有直截了当地说,而是用种种暗示,时而对他讲起一个营长,说这是个很好的人,时而又谈到他团里的一个神甫,也说是一个很好的人,这两个人都由于喝酒,生病了,可是戒酒以后就完全好了。安德烈·叶菲梅奇的同事霍博托夫也来看他三四回,也是劝他戒酒，并且显然是无缘无故地建议他服用溴化钾①。

八月，安德烈·叶菲梅奇收到一封市长的信，说是有很重要的事请他去一趟。安德烈·叶菲梅奇按照约定的时间来到市政厅，在那里他看见在座的有军事长官、政府委派的县立学校的校长、市参议员、霍博托夫，还有一位很胖的、淡黄色头发的先生，据介绍，他也是一位医生，这位医生姓一个很难发音的波兰姓，住在离城三十俄里远的一个养马场里。他是路过此城的。

"这里有一份关系到您的工作部门的申请书，"待大家都打过招呼在桌子边坐下来时，市参议员对安德烈·叶菲梅奇说，"叶夫根尼·费多雷奇刚才说，我们主楼里的药房太窄了，应把它搬到一个厢房里去。这当然没有什么问题，可以搬去，但是主要问题是厢房也要修理了。"

"是的，不修理不行了。"安德烈·叶菲梅奇想了想后说，"不过，如果要把拐角上那个厢房改作药房用的话，我想至少得花五百卢布。这是非生产性开支。"

大家沉默了一会儿。

"我在十年前就已呈报过了，"安德烈·叶菲梅奇用平静的声调继续说，"照目前这个样子，这所医院对这个城市来说，是一个超过了它的负担能力的奢侈品。它是在40年代建立的，不过那时候的经费与现在不同。城市在不必要的建筑和多余职位方面开支太多了。我想，用另一种办法，

---

① 溴化钾，一种无机物，可以用来治疗精神疾病。

这些钱可以维持两个标准的医院。"

"好，那您就提出另一种办法来吧！"市参议员兴致勃勃地说。

"我已经向您呈请过把医疗部门移交给地方自治局办理。"

"好嘛，您把钱交给地方自治局，他们会贪污的。"浅黄色头发的医生笑着说。

"这是照例如此的。"市参议员同意说，也笑了笑。

安德烈·叶菲梅奇用无精打采的目光看了一眼浅黄色头发的医生，说道："应当做到公正才对。"

又是沉默。茶送上来了。不知为什么，军事长官感到很窘，隔着桌子碰了一下安德烈·叶菲梅奇的手说：

"大夫，您把我们全忘了。不过，您是修道士，不打牌，也不喜欢女人，您跟我们这些人来往，一定觉得挺没意思吧。"

大家都谈到，一个正派人在这个城市里生活多么枯燥乏味，没有剧院，没有音乐。在最近俱乐部的一次舞会上，来了将近二十个女士，而男舞伴却只有两个。青年人不跳舞，都聚集在小卖部旁边，或者就是玩牌。安德烈·叶菲梅奇任何人也不看，小声地、慢慢地说："很可惜，城里人都把自己的生命精力，把自己的心灵和智慧浪费在玩牌和搬弄是非上面，而不愿把时间用在有趣的谈话和读书上，不愿享受智慧提供的快乐，可惜极了。只有智慧才是有意义的、了不起的，其他一切都微不足道。"霍博托夫认真地听着自己同事的讲话，忽然问道："安德烈·叶菲梅奇，今天是几号？"

得到回答以后，他和淡黄色头发的医生就以一种连自己也觉得不合适的主考人的口气开始问安德烈·叶菲梅奇今天是星期几，一年共有多少天，六号病房里是否住着一个了不起的先知。

在回答最后一个问题时，安德烈·叶菲梅奇脸红了，说：

"是的，这是一个病人，不过他是一个有趣的年轻人。"

他们再也没有问他任何问题。

当他在前堂穿大衣的时候，军事长官伸出一只手放在他肩膀上，叹口气说："我们这些老头子该退休了！"

安德烈·叶菲梅奇走出市政厅时才明白，原来这是一个奉命考他的智力委员会。他回想起了他们对他提出的种种问题，脸红了，而且不知为什么，一生中第一次痛苦地为医学感到惋惜。

"我的天啊，"他想起了那些医生刚才怎样考他的情形，"须知，他们不久前刚听完精神病学的课，参加过考试，怎么还会如此愚昧无知呢？他们连精神病学的概念都没有。"

他一生中第一次感到受了侮辱，很生气。

当天晚上，米哈依尔·阿维良内奇来到他的家。这个邮政局局长没有向他问候，直接走到他的跟前，捉住他的两只手，激动地说：

"我的亲爱的朋友,请您向我表明您相信我真诚的好意,承认我是您的朋友……我的朋友啊!"他不让安德烈·叶菲梅奇开口说话,继续激动地说,"我喜欢您是因为您有教养,您的心灵高尚。您听我说,我亲爱的,那些医生受科学规则的限制,有责任向您隐瞒实情,但是我却要像军人那样对您说真话。您有病!请原谅我,我亲爱的,但这是真的。周围的人早已发现了。如今叶夫根尼·费多雷奇医生对我说了,为了有益于您的健康,您必须休息一下,散散心去。完全正确!很好!过几天我就要去度假,出去换换空气。请您表明您是我的朋友,我们一块儿去,照往常那样,我们一块儿去。"

"我觉得我完全健康,"安德烈·叶菲梅奇想了想说,"我不能去。请您允许我用别的办法来向您表明我的友情。"

丢下书本,丢下达留什卡,丢下啤酒,断然破坏已经建立了二十年的生活秩序,到一个他自己也不知道的地方去,而且也不知道为什么要去,这种想法一开始就使他觉得既古怪又荒唐。但是他想起了市政厅的那次谈话和从市政厅出来回家时的那种沉重的心情,于是又觉得暂时离开这个城市,离开那些把自己看作疯子的蠢人,也是一件好事。

"那么您到底想到哪儿去呢?"他问道。

"到莫斯科去,到彼得堡去,到华沙去……在华沙我曾度过了我生活中最幸福的五年。那是一个多么令人惊叹的城市啊!我们去吧,我亲爱的!"

十三

一星期之后，人们便建议安德烈·叶菲梅奇去休养一下，也就是叫他提出辞呈。对这一切他都漠然处之。再过了一星期，他与米哈依尔·阿维良内奇已经坐在邮车上，到最近的一个火车站去了。天气凉爽、明朗，蔚蓝色的天空，远处一览无余。离火车站有二百里远路程，他们坐马车走了两天，路上歇了两夜。每当驿站上给他们送茶时用不干不净的杯子，或者是套马车的时间久了一点，米哈依尔·阿维良内奇就脸红脖子粗地抖动着全身，喊道："住嘴，不许狡辩！"而坐在马车上时，则片刻不停地说话，讲他当时在高加索和波兰王国旅行的故事，有过多少遭际，多少奇遇啊！他说话声音很响，同时还瞪着奇怪的眼睛，令人觉得他是在说谎。另外，他讲话时直对着安德烈·叶菲梅奇的脸吐气，对着他的耳朵哈哈大笑，弄得医生很尴尬，妨碍他思考，使他无法集中精神。

在火车上，他们为了节省，乘的是三等车，坐在一个不许吸烟的车厢里。乘客有一半是上等人。米哈依尔·阿维良内奇很快就跟所有的人都认识了。从一个座位到另一个座位，大声地说，大家不该在这种糟糕透顶的铁道上旅行，这完全是骗人的勾当！要是骑马旅行，那就完全不同了：一天走上一百俄里，然后您还会感到全身有劲，精力充沛。至于我们的收成不好，那完全是因为宾斯克沼泽地的水被排干了。总之,一切都非常混乱。他的劲头来了,说话很大声,不让别人开口。这种混杂着大喊大笑和手舞足蹈的没完没了的扯淡,使安德烈·叶菲梅奇感到很腻烦。

"我们两人中谁是疯子呢?"他懊丧地想,"是我这个竭力不让旅客不安的人呢,还是这个自以为比这里的所有人都聪明和有趣,从而不让人有片刻安宁的利己主义者呢?"

在莫斯科,米哈依尔·阿维良内奇穿上不带肩章的军服和镶有红丝绦的裤子。他戴着军帽,穿上军大衣在街上走时,士兵们都向他立正行礼。安德烈·叶菲梅奇现在觉得,这个人在原来从贵族阶级承继下来的所有东西中,把一切好的都丢掉,只留下坏的了。他喜欢别人伺候,甚至在完全没有必要的时候也一样。火柴就放在他面前的桌子上,而且他也看见了,可是他还是要对人叫嚷把火柴给他拿来。有清洁女工在,他也不难为情地穿着一条裤衩走来走去。他对一切仆人,哪怕是老人,都一律称呼"你"。他生气的时候,就骂他们是蠢东西和傻瓜。安德烈·叶菲梅奇觉得这是在摆贵族派头,是很恶劣的行为。

米哈依尔·阿维良内奇首先是领朋友到伊文斯卡娅教堂去。他热心祈祷、磕头、流泪,完了后,深深地吁口气说:"即使您不信神,但祈祷一下,好像心里会安稳一些。您吻圣像吧,亲爱的。"

安德烈·叶菲梅奇不好意思,也吻了圣像。米哈依尔·阿维良内奇则努起嘴唇,摇摇头,小声祈祷,眼睛里又流出了眼泪。后来他们到克里姆林宫去,在那里参观了皇炮和皇钟,甚至用手指摸了摸。他们又欣赏了一下莫斯科河对面的风景,游览了救世主教堂和鲁缅采夫博物馆。

他们在捷斯托夫饭店吃午饭。米哈依尔·阿维良内奇看菜单看了很久,捋着连鬓胡子,用一种在饭店就像在家里一样的美食家的口吻说:"我们倒要瞧瞧,你们今天拿什么菜来给我们吃,天使!"

十四

医生游览、参观,吃了、喝了,可是只有一种感觉:对米哈依尔·阿维良内奇的恼恨。他很想离开这个朋友,休息一会儿,躲开他,藏起来。而这个朋友却认为,不让医生离开他一步,尽量想办法让他消遣,乃是他的责任。当再也没有什么东西可看的时候,他就用谈话来给他解闷。安德烈·叶菲梅奇忍耐了两天,到第三天他就向朋友声明他病了,想留在家里待一天。他朋友说,这样的话他也要留下来,着实也该休息一下了,否则两条腿也坚持不了。安德烈·叶菲梅奇躺在长沙发上,脸对着靠背,紧咬着牙齿,听着他朋友热烈地对他肯定地说:法国迟早一定会打垮德国;莫斯科有许多骗子;单凭外表,不可能看出马的优点。医生的耳朵里开始嗡嗡地响起来,心率过速,可是出于客气,他又不便叫他朋友走开或者闭嘴。幸亏米哈依尔·阿维良内奇在房间里也坐得无聊了。他吃过饭便出去散步去了。

剩下单独一个人时,安德烈·叶菲梅奇就进入了休息的状态。意识到一个人在房间里长沙发上一动不动地躺着,这是多么愉快啊!没有孤独就不可能有真正的幸福。堕落的天使背叛上帝,大概就是因为他想孤独,而天使们是不知道孤独的。安德烈·叶菲梅奇想思考一下最近几天来他所看到和听到的东西,可是米哈依尔·阿维良内奇却总是不离开他的脑际。

"不过要知道,他之所以休假陪我出来是出于友情,由于慷慨,"医生懊恼地想,"但再没有比这种友情的保护更糟糕的了。要知道,他好像是一个好心的、大度的快活人,可是却很无聊,无聊得叫人受不了。有些人就是这样,他总是说一些聪明、好听的话,但你却总觉得他们是蠢笨的人。"

再后来的几天里,安德烈·叶菲梅奇都推说有病,没有出旅馆的房间。他躺着,把脸对着靠背。朋友要用谈话来给他解闷,他就烦;而朋友不来的时候,他却能休息。他生自己的气,因为跑出来旅行;他也生朋友的气,因为他的废话越来越多,越来越随便,安德烈·叶菲梅奇怎么也不能把他朋友的思想提到严肃、高尚的境界。

"这就是伊万·德米特里奇所说的,现实生活对我的严厉斥责。"他想道,为自己的小气而生气,"不过,这也没有什么……将来我回到家,一切就会和从前一样……"

在彼得堡也仍旧是那样。他整天不出门，躺在长沙发上，只是为了喝啤酒才起来一下。

米哈依尔·阿维良内奇则一直急于要到华沙去。

"我亲爱的，我们干吗要到那里去呢？"安德烈·叶菲梅奇用恳求的声音说，"您一个人去吧，您就让我回家吧！我求您了！"

"这可无论如何都不行！"米哈依尔·阿维良内奇不同意地说，"那是一个多么令人惊叹的城市啊！在那里我曾度过了我生活中最幸福的五年！"

安德烈·叶菲梅奇缺乏坚持己见的性格，不得已又到华沙去了。在华沙他也没有出过旅馆房间的门，躺在沙发上，生自己的气，生朋友的气，也生仆役的气。这些仆役老是听不懂俄语。米哈依尔·阿维良内奇则照样那么健康，精力充沛，非常高兴。他从早到晚都不回旅馆住宿。有一次，他不知在什么地方过夜，大清早才回来，情绪十分激动，满脸通红，头发蓬乱。在房间里他从这一头到那头来回踱步很久，自言自语，不知嘟哝些什么，后来他站住说：

"名誉是首要的！"

他又踱了一会儿步，然后双手捧着脑袋，用悲惨的声调说：

"对，名誉第一！真该死，我当初怎么会想到要来游历这个巴比伦呢！我亲爱的！"他对医生说，"您鄙视我吧，我赌钱输了！请您给我五百卢布吧！"

安德烈·叶菲梅奇取出了五百卢布，默默地把钱交给了朋友。他的朋友由于害臊和气恼仍然面红耳赤、语无伦次地发了一个不必要的誓,戴上帽子就出去了。大约过了两个钟头他回来了,一屁股坐在圈椅里,大声地叹了一口气,说:

"总算保住了名誉!我们走吧,我的朋友!在这个该死的城市里,我连一分钟也不想待了。这个城市里的人都是骗子!都是奥地利奸细!"

两个朋友回到故乡城市时,已经是十一月了,街上铺上了厚厚的雪。霍博托夫医生已接替了安德烈·叶菲梅奇的职位,他仍旧住在原来的住宅里,等着安德烈·叶菲梅奇回来,腾出医院的住所。那个被他称作"女厨子"的丑女人则已经在一个厢房里住下了。

医院里又有新的流言传遍了全城。据说,那个丑女人跟总管吵了架,总管好像曾跪在她的面前求饶。

安德烈·叶菲梅奇回来后的第一天就不得不出去找住处。

"我的朋友,"邮政局局长胆怯地对他说,"原谅我冒昧问一句:您手里还有多少钱呢?"

安德烈·叶菲梅奇默默地数了数自己的钱说:"八十六个卢布。"

"我问的不是这个,"米哈依尔·阿维良内奇不安地说,没听懂医生的话,"我问您总共有多少财产?"

"我已经跟您说了,八十六个卢布……此外我一无所有了。"

米哈依尔·阿维良内奇一贯把医生看作是正直的高尚的人，但仍旧有点怀疑，认为他至少也有两万卢布的存款，而现在才知道，安德烈·叶菲梅奇是个穷光蛋，没有钱来维持生活。不知为什么他突然流下了眼泪，并拥抱了自己的朋友。

十五

安德烈·叶菲梅奇在一个女小市民别洛娃的一所有三个窗户的小房子里住了下来。这个小房子，不算厨房，只有三个房间，其中两个窗户朝外的房间医生居住，达留什卡和带着三个孩子的女小市民就住在第三个房间和厨房里。女房东的情夫，一个醉醺醺的庄稼汉有时也来这里过夜。他晚上大吵大闹，弄得孩子们和达留什卡十分害怕。他一来就坐在厨房里，要吃的要喝酒，大家都感到很不舒服。医生出于怜悯，把哭哭啼啼的孩子们领到自己的房间里，安排他们睡在地板上。这样，他也得到很大的满足。

跟往常一样，他八点钟起床，喝过茶后便坐下来看自己的旧书和旧杂志，他已经没有钱买新书。也许是由于旧书，也许是由于改变了环境，书已不像从前那样引人入胜了，看书使他感到累了。为了不白白浪费时间，他把自己的书编制了一个详细的书目，在书上贴上小张藏书条。这种机械的细致而又耐心的工作他觉得比看书还有趣。这种单调的费神的工作不知不觉地使他的思想也慢慢昏睡了。

他什么也不想，时间过得很快。甚至在厨房里坐一坐，跟达留什卡一块儿削削土豆皮或者挑出荞麦粒里的皮屑，他也觉得很有趣。每逢星期六和星期日他就到教堂去。他靠墙边站着，眯缝着眼睛，听着圣歌，想想父亲、母亲，想想大学、宗教，心里既平静亦忧伤，然后走出教堂，并惋惜礼拜仪式结束得太快了。

他到医院里去看望过伊万·德米特里奇两次，想跟他谈谈话，但这两次伊万·德米特里奇情绪都非常激动、恼怒。他请医生不要来打搅他，因为他早就对医生的废话感到讨厌了，并且说，他为自己的一切苦难只向该死的坏蛋们要求一个补偿：单人监禁。难道连这一点他们也拒绝吗？这两次安德烈·叶菲梅奇向他告辞并祝他晚安时，他都没有好气地说："你见鬼去吧！"

安德烈·叶菲梅奇现在不知道自己该不该再去看望他，可是他还是想去。

以前，吃完午饭后的那一段时间，安德烈·叶菲梅奇都是在书房里踱步、思考。而现在，从吃完午饭到喝晚茶为止，他都躺在长沙发上，脸朝靠背，尽想些微不足道的小事，怎么也抑制不住自己。他总觉得很委屈：自己做了二十多年的事，却不给他发养老金，也没有发一次性的补贴金。诚然，他工作得不勤恳，但是要知道，不论勤恳的还是不勤恳的，所有的工作人员一律都领了养老金。当今的公平正好在于：官品、勋章、养老金等并不是根据道德品质或才干，而是一般地根据服务并且不管是什么样的服务而颁发的。为什么就他一个人该是例外呢？他已经完全没有钱了。他走过小铺子，看见女房东就觉得害臊。他已经欠了人家三十二卢布的啤酒钱了，也欠女小市民别洛娃的钱。达留什卡悄悄地在卖旧衣服和旧书，并向女房东撒谎说，医生很快就能收到很多钱。

他恨自己在旅行中花掉了他所积蓄的一千卢布。这一千卢布现在多有用处啊！他心里很难过，因为人们不让他过安静的日子。霍博托夫有时也来看望自己这个有病的同事，认为这是他的责任。而安德烈·叶菲梅奇却对他十分反感：肥胖的脸，令人不快的、傲慢的口气，"同事"这个词，以及那双高筒皮鞋。最反感的是，他自以为有责任给安德烈·叶菲梅奇治病，并且自以为是地在给他治病，每回来访都给他带来溴化钾药水和大黄药丸。

米哈依尔·阿维良内奇也认为自己有责任来看望朋友，为他消烦解闷。他每次走进安德烈·叶菲梅奇的屋里时，都做出很随便的样子，不自然地哈哈大笑，并要他相信今天他的气色很好，多谢上帝，情况有好转。其实从这些话里反倒可以得出结论：他朋友的情况没有希望了。他还没有把在华沙借的钱还清，心头还压着沉重的羞愧，很紧张，因此他尽量大声地笑，把故事讲得更可笑一些。他的笑话和故事如今更显得讲不完了。这不论是对安德烈·叶菲梅奇还是对他自己，都是十分难受的。

有他在的时候，安德烈·叶菲梅奇照例是躺在长沙发上，脸对着墙，咬紧牙齿听着。他的心头堆积着一层沉渣，他朋友每一次拜访之后,就感到这层沉渣堆得更高了,好像就要冒到喉咙了。

为了压住这些琐碎的感触,他就赶快想道:不论是他自己,还是霍博托夫和米哈依尔·阿维良内奇,早晚反正都是要死的,甚至不会在自然界留下一点痕迹。如果想象一百万年以后有一个什么精灵在地球旁边的空中飞过,这个精灵看到的只会是黏土和光秃秃的峭壁,什么文化、道德准则——一切都会消失,连一根牛蒡也不会长出来。至于在小铺老板面前觉得羞臊,微不足道的霍博托夫,或者米哈依尔·阿维良内奇的讨厌的友情,又有什么意义呢?所有这一切都是无聊和空虚的。

可是这样想也无济于事。他刚刚想象了一百万年以后的地球,而穿着高筒皮鞋的霍博托夫或者紧张地大笑的米哈依尔·阿维良内奇就从光秃秃的峭壁后面出现了,甚至可以听见后者那羞涩的低语:"至于华沙的债,亲爱的,最近几天我就还给您……一定。"

十六

有一次,米哈依尔·阿维良内奇午饭后来了。安德烈·叶菲梅奇正躺在长沙发上。恰巧,这时霍博托夫也带着溴化钾药水来了。安德烈·叶菲梅奇困难地爬起来,坐着,两只胳膊支在沙发上。

"我亲爱的,今天,"米哈依尔·阿维良内奇开始说,

"您的脸色比昨天好多了。您真行,真的,您真行!"

"您是到了该康复的时候了,同事,"霍博托夫说,打了个哈欠,"这种浪费时间的麻烦事大概您自己也讨厌了吧?"

"我们会康复的!"米哈依尔·阿维良内奇高兴地说,"我们会再活一百年!一定!"

"一百年不一百年,再活二十年总能行的,"霍博托夫安慰说,"没关系,没关系,同事,别泄气……这病不过是给您故布疑阵罢了。"

"我们还要大展宏图呢!"米哈依尔·阿维良内奇哈哈大笑起来,并拍了拍朋友的膝盖,"我们还要大展宏图呢!明年夏天,求上帝保佑,我们到高加索去,骑着马到处逛一逛——驾!驾!驾!从高加索回来的时候,瞧着吧,恐怕还要举办一次结婚典礼呢。"米哈依尔·阿维良内奇调皮地眨眨眼睛,"我们会给您说成一门亲事的,好朋友……我们会给您说成一门亲事的……"

安德烈·叶菲梅奇突然觉得那沉渣就要冒到喉咙里来了,他的心跳得非常厉害。

"这是庸俗!"他说,很快地站起来,走到窗前,"难道你们不明白你们在说庸俗的话吗?"

他本想温和而又有礼貌地继续说下去,可他却违心地突然攥紧拳头,并伸到头顶上去。

"别来烦我了!"他喊道,嗓音都变了,满脸通红,全身发抖,"出去,你们俩都出去!你们俩!"

米哈依尔·阿维良内奇和霍博托夫都站起来,看着他,先是莫名其妙,后来害怕了。

"两人都出去!"安德烈·叶菲梅奇继续喊道,"蠢材!傻瓜!我既不需要你们的友情,也不需要您的药,傻瓜!庸俗!卑鄙!"

霍博托夫和米哈依尔·阿维良内奇非常狼狈,互相看了一眼,向后退到门口,走到前堂去。安德烈·叶菲梅奇一手抓起那瓶溴化钾,朝他们身后扔了过去,砰的一声,药水瓶打在门槛上炸了。

"滚蛋!"他用哭泣的声音喊道,跑到前堂,"滚!"

客人走后,安德烈·叶菲梅奇像发高烧似的,全身哆嗦,躺在长沙发上,久久地重复着说:"蠢材!傻瓜!"

等他平静下来时,他首先想到的是:可怜的米哈依尔·阿维良内奇现在大概羞愧不堪,心里非常难受。这一切非常可怕。过去还从来没有发生过这样的事情,智慧和分寸感都到哪里去了呢?对事物的理解啦,哲学上的冷漠啦,都到哪里去了呢?

医生由于羞愧和对自己的恼恨,整夜不能入睡。早晨十点钟便到邮政局去向邮政局局长道歉。

"已经过去了的事我们就不要再提了,"米哈依尔·阿维良内奇叹口气说,他很感动,紧紧地握着他的手,"谁再提旧事,谁就眼睛瞎掉。留巴甫舍!"他忽然大喊一声,弄得全体邮局人员和顾客都震颤了一下,"搬椅子来,你等着!"他对一个妇女喊道,她正通过铁格栅,向他递过一封挂号信来,"难道你没看见我忙着吗?过去的事我们就不要提了,"他继续温和地对安德烈·叶菲梅奇说,"我恳求您,您就坐下吧,我亲爱的。"

他沉默了一会儿,揉了揉自己的膝部,然后说:

"我根本没想要生您的气。疾病是无情的,我明白。昨天您的病发作,把医生和我都吓了一跳。后来我们谈了很久关于您的事,我亲爱的,您为什么不肯认真地治治您的病呢?难道可以这样吗?请原谅我出于友情直率地说一句,"米哈依尔·阿维良内奇低声地说,"您生活在非常不利的环境里,又挤又肮脏,没有人照料您,没有钱治病……我亲爱的朋友,我和医生都全心全意地恳求您,请您听听我们的忠告:住院去吧!那里有保健食品,有人护理,有医生治疗。叶夫根尼·费多雷奇虽然没有礼貌,但他医术高明,我们完全可以信任他。他已经答应我要为您治病。"

安德烈·叶菲梅奇被这种真诚的关心和忽然在邮政局局长脸颊上闪现的泪水感动了。

"我尊敬的朋友,您不要相信,"他小声地说,把手放在胸口上,"您不要相信他!这是骗人的!我的病只不过是因为二十年来我在全城只找到一个聪明的人,而他却是一个疯子。我没有任何病,只不过我掉进了一个魔圈里,走不出来了。我现在一切都不在乎了,我准备承受一切。"

"住院去吧,亲爱的。"

"我一切都不在乎了,哪怕是一个坑,我也会跳下去。"

"亲爱的,答应我,您得一切都听叶夫根尼·费多雷奇的安排。"

"好,我答应。不过我得重说一遍,我尊敬的朋友,我掉进了一个魔圈里,现在一切东西,哪怕是朋友的真诚关心,都只会引向一个目标:我的死亡。我正在走向死亡,而且我有勇气承认这一点。"

"亲爱的,您会康复的。"

"何必还要说这些话呢?"安德烈·叶菲梅奇生气地说,"很少有人在生命结束时不经受像我现在的情况的。当有人告诉您,说您的肾有病或者心房扩大之类的话,于是您便开始治病,或者有人对您说您是疯子或罪犯,总之一句话,当人们忽然注意您,那么,您便知道,您已经掉进魔圈里了,再也出不来了。您竭力想逃出来,却反而陷得更深,那您就认输吧,因为任何人类力量已挽救不了您了。我是这样觉得的。"

这时窗户旁边已挤满了人。安德烈·叶菲梅奇为了不妨碍别人工作,便站起来告辞。米哈依尔·阿维良内奇再一次要他许诺,并送他到门口。

同一天傍晚前,霍博托夫穿着短羊皮袄和高筒皮鞋,也出人意料地到安德烈·叶菲梅奇家里来了。他用一种好像昨天什么事也没有发生似的口气说:"我是有事来找您,同事。我来邀请您,您能否跟我一块儿去参加一个会诊呢?"

安德烈·叶菲梅奇以为霍博托夫是要他出去散散心、解解闷，或者真的是让他去赚点钱，便穿上衣服，跟他一块儿去了。他很高兴有机会把他昨天的过失冲淡一下，就此和解了。他心里感激霍博托夫，因为昨天的事他甚至提都不提，显然是原谅了他。这个没有教养的人竟有这样的委婉态度，倒是很难料到的。

"您的病人在哪里呢？"安德烈·叶菲梅奇问道。

"在我的医院里，我早就想请您去看看了……这是一个很有趣的病例。"

他们走进医院的院子，绕过主楼，朝那个住着疯子的厢房走去。

不知为什么，大家都没有说话。他们走进厢房，尼基塔照例地跳下来，立正站着。

"这里有个病人，他的两侧肺发生了并发症。"霍博托夫和安德烈·叶菲梅奇一起走进病房，小声说，"您在这儿等一会儿，我马上就来。我去取一下听诊器。"

说完，他就出去了。

十七

天黑下来了，伊万·德米特里奇躺在自己的床上，把脸埋在枕头里。瘫子坐在那里，一动不动，嘴唇不停地颤动，小声地哭泣。那个肥胖的农夫和从前的拣信员在睡觉，一片静寂。

安德烈·叶菲梅奇坐在伊万·德米特里奇的床上等着，可是半个钟头过去了，霍博托夫也没有来。尼基塔抱着一身病人服和不知是谁的衬衣、拖鞋，走进病房里来了。

"请您穿上这衣服，老爷，"他小声地说，"这是您的床，请到这边来。"他指着那张空床，补充了一句。显然这是刚搬进来不久的一张床，"不要紧，上帝保佑您，您会康复的。"

安德烈·叶菲梅奇全明白了。他一句话也没说，走到尼基塔指着的那张床边，坐下来。他看见尼基塔还站在那里等着，便脱光身上的衣服。衬裤很短，衬衣却很长。病人服有一种熏鱼味。

"您会康复的，上帝保佑您。"尼基塔再说一遍。

他把安德烈·叶菲梅奇的衣服收起来抱在一起，走了出去，用手把门带上。

"反正都一样……"安德烈·叶菲梅奇想，他不好意思地把病人服的衣襟掩上，觉得穿上这新换的衣服像个罪犯，"反正都一样……礼服、制服和这身病人服，反正都是一样……"

可是我的表呢？那放在侧面衣兜里的笔记本呢？纸烟呢？尼基塔把我的衣服拿到哪里去了呢？现在，也许他到死也不会有机会穿他的长裤、背心和高筒靴了。所有这些，开始时他觉得奇怪，甚至不理解。安德烈·叶菲梅奇到现在还相信小市民别洛娃的房子跟这个六号病房没有什么差别，这世界上的一切都是荒诞、虚无。但同时他却手发抖、脚冰凉，一想到一会儿伊万·德米特里奇起来，看见他也穿着病人服，就不由得害怕起来。他站起来，走一走，又坐下。

他就这样坐了半个小时，一个小时。他感到厌烦极了。在这里难道能度过一天、一个星期，甚至像这些人那样几年都住下去吗？瞧，他已经坐了一阵子，走了一阵子，现在又坐下了。他还可以到窗口看看，然后又从这个角落走到那个角落。可是再以后呢，怎么样？就这样像个木头人一样老坐着、思考吗？不，总这样不行啊。

安德烈·叶菲梅奇躺下去，可是马上又坐起来，用袖子擦了擦额头上的冷汗，于是便觉得整个脸都有熏鱼味了。他又走来走去。

"这里一定是有什么误会……"他说，困惑莫解地摊开双手，"需要解释一下，这里有误会……"

这时伊万·德米特里奇醒了。他坐起来，两只手支住腮帮子，吐了一口唾沫，然后懒洋洋地看了一眼医生。看样子，开始时他还不明白是怎么一回事，但很快他那睡眼惺忪的脸就显出了恶意和讥讽的神情。

"啊哈，亲爱的，您也被关在这里了！"他眯缝着一只眼睛，用睡意蒙眬的沙哑的声音说，"我很高兴，您以前吸别人的血，而现在别人要吸您的血了。太妙了！"

"这一定有什么误会……"安德烈·叶菲梅奇说。伊万·德米特里奇的话使他害怕，他耸耸肩膀，再说一遍，"这一定有什么误会……"

伊万·德米特里奇吐了一口痰又躺下了。

"该诅咒的生活!"他说,"真是既可悲又可气。要知道,这种生活不是以苦难得到补偿而结束,不是像戏剧里那样,受到公众的赞扬而结束,而是一死了事。然后来几个医院的杂役,拉着死尸的胳膊和腿,拖到地下室去。呸!不过,也没关系……到时候我要从那个世界再到这里来显灵,吓唬这些败类。我要把他们吓得头发变白。"

莫依谢依卡回来了。他一见到医生,就伸出手来。

"给我一个戈比!"他说。

十八

安德烈·叶菲梅奇走到窗口,望着外面的田野。天已经黑了。一轮冷冷的、发红的月亮从右边的地平线上冉冉升起。距离医院围墙不远,不超过一百俄丈的地方,矗立着一座很高的白房子,外边由石墙围着。这就是监狱。

"瞧,那就是现实生活!"安德烈·叶菲梅奇想道,感到很害怕。

那月亮,那监狱,那围墙上的钉子,那远处烧骨场上腾起的火焰,一切都非常可怕。安德烈·叶菲梅奇听见一声叹息,他回过头来,看见一个人胸前佩戴着闪闪发光的星章和勋章,微笑着,调皮地眨着一只眼睛。这也显得非常可怕。

安德烈·叶菲梅奇劝导自己说,在月亮和监狱里也没有什么特别的东西，精神健康的人也戴勋章。世上的一切迟早都会腐烂，变成黏土。可是他忽然感到非常绝望，两手抓住铁格栅，使劲地摇撼它，坚固的铁格栅却一动也不动。

后来为了不至于感到可怕，他走到伊万·德米特里奇的床边，坐下来。

"我的精神垮了，我亲爱的，"他小声说，全身发颤，擦了擦冷汗，"我精神垮了。"

"您可以谈哲学。"伊万·德米特里奇讥讽地说。

"我的上帝，我的上帝啊……对，对了……有一次您说俄罗斯没有哲学，可是大家都在谈哲学，甚至小人物也在谈。不过，要知道，小人物谈哲学，对谁都没害处。"安德烈·叶菲梅奇用一种好像要哭出来让别人同情的声音说，"但为什么，亲爱的，您要幸灾乐祸地笑呢？如果小人物不满意，他怎么能不发议论呢？一个像神那样聪明的、有教养的、骄傲的、爱好自由的人却没有别的出路，只能到一个肮脏、愚昧的小城市里去当医生，一辈子就跟拔血罐、蚂蟥、芥子膏打交道！简直是欺骗、狭隘、庸俗！啊！我的上帝！"

"您在说蠢话。您如果不愿意当医生，就去做大臣好了。"

"不行，做什么都不行。我们软弱，亲爱的……过去我蔑视一切，议论起来眉飞色舞，但是一旦生活不客气地碰撞我一下，我就泄气了……我们意志消沉……我们软弱，我们是没用的东西……您也一样,我亲爱的,您聪明、高尚,从母亲的奶里吸取了善良的热情,可是刚刚进入生活就疲倦了,生病了……我们软弱,软弱啊!"

除了害怕和屈辱感外,随着黄昏的来临,还有一种无法摆脱的东西折磨着安德烈·叶菲梅奇。他终于明白了:他很想喝酒和抽烟。

"我要出去一下,我亲爱的,"他说,"我去叫他们在这儿点上灯……这样我受不了,我不能这样……"

安德烈·叶菲梅奇走到门边,打开门,可是尼基塔立即跳了下来,挡住他的去路。

"您要上哪儿去?不行,不行!"他说,"到睡觉的时间了。"

"我只要出去一会儿,在院子里走一走!"安德烈·叶菲梅奇惊慌地说。

"不行,不行,这是不允许的,您自己也知道。"

尼基塔把门关上,用背抵住了门。

"可是,即使我出去一下,对谁又有什么损害呢?"安德烈·叶菲梅奇问道,耸耸肩膀,"我不明白,尼基塔,我要出去!"他用发颤的声音说,"我要出去!"

"别捣乱,这可不好!"尼基塔用教训的口气说。

"他妈的,这是怎么一回事!"伊万·德米特里奇忽然喊道,并跳下床来,"他有什么权力不放我们出去?他们怎么敢把我们关在这里?法律上好像说得很清楚,不经审判不能剥夺任何人的自由!这是暴力!这是专横!"

"当然是专横！"安德烈·叶菲梅奇在伊万·德米特里奇叫喊声的鼓励下说道，"我要出去，我一定要出去。你没有权力！我对你说，你放我出去！"

"你听见没有，愚笨的畜生？"伊万·德米特里奇大声喊道，并用拳头敲门，"开门，不然我就把门砸了！残忍的家伙！

"开门！"安德烈·叶菲梅奇叫道，气得浑身发抖，"我要你开门！"

"你尽管说吧！"尼基塔在门后说，"你就说吧！"

"至少你得去把叶夫根尼·费多雷奇叫来！就说是我请他来的……来一会儿！"

"明天他老人家自己会来的。"

"他们永远不会放我们出去的！"伊万·德米特里奇接着说，"我们会在这里被折磨死的！噢，主啊……难道在阴间真的没有地狱，这些恶棍会得到宽恕？正义在哪里呢？开门，恶棍！我要闷死了！"他用沙哑的声音喊道，并使劲地敲门，"我要把你的脑袋砸碎！杀人犯！"

尼基塔快速地打开了门，用双手和膝盖粗暴地推开安德烈·叶菲梅奇，然后抡起拳头，朝他的脸上打去。安德烈·叶菲梅奇只觉得一股强烈的带咸味的浪潮从脑袋上盖了过来，把他推到床边。他的嘴里真的有一股咸味：大概是牙齿出血了。他好像要游出去，挥动双手，并抓住了什么人的床架。这时他感觉到尼基塔朝他背上抡了两拳。

伊万·德米特里奇大喊了一声，大概他也挨打了。

后来一切便安静了。稀疏的月光透过铁格栅照了进来，在地板上印下了像网一样的影子，很可怕。安德烈·叶菲梅奇躺着，屏住呼吸。他惊恐地等着被再打一顿。就好像有一个人拿着镰刀，刺在他身上，并在他的胸中和肠子里搅动了几下，他疼得咬住枕头，咬紧牙关。突然，他头脑里在混乱中清楚地闪过一个可怕的令人难以忍受的思想：这些如今在月光里像黑影子一样的人，若干年来大概天天都在受这样的痛苦。而这种事他怎么会二十多年来一直不知道呢？他不知道痛苦，没有痛苦的概念，就是说，他并没有过失，不过他那跟尼基塔一样固执和粗暴的良心却使他从后脑勺直到脚后跟都冰凉了。他想跳起来使尽全身的劲大叫一声，立即去杀死尼基塔，然后杀死霍博托夫、总管、医士，最后杀死自己。可是他的胸中却发不出一点声音，双脚也不听使唤。他喘不过气来，扯着胸前的病人服和衬衣，把它们撕碎，倒在床上，失去了知觉。

十九

第二天早晨，他头疼、耳鸣，全身都感到不舒服。他想起昨天的软弱，并不觉得害臊。他昨天胆怯，连月亮也害怕，并且诚实地说出了以前自己没有料到会有的思想和感情，例如说小人物爱谈哲学是由于不满。不过现在他对一切都无所谓了。他不吃、不喝，一动不动地躺着，也不说话。

"我反正都一样了,"他们问他话的时候他暗自想道,"我不打算回答……我反正都一样了。"

午饭后,米哈依尔·阿维良内奇来了,给他带了四分之一磅的茶叶和一磅果冻。达留什卡也来了,在床边站了足足一个小时,脸上流露出一种呆板而悲痛的表情。霍博托夫医生也来看他了,他带来一瓶溴化钾药水,并交代尼基塔在病室里烧点什么东西,熏一熏。

临近傍晚,安德烈·叶菲梅奇由于中风死了。开始时他感到剧烈的寒战和恶心,好像有一种令人厌恶的东西穿透他的全身,甚至通到他的手指头,从胃里往上冒,一直涌进脑袋里,注满了眼和耳朵。眼睛里呈现出一片绿色。安德烈·叶菲梅奇明白他的末日到了,想起了伊万·德米特里奇、米哈依尔·阿维良内奇以及千百万人都相信的永生不死。可是万一真有永生不死呢?不过,他并不想永生不死,他的这个想法不过是一闪而过罢了。他昨天看书时从书上看到的一群非常美丽、轻盈的鹿,现在突然在他面前跑过去。后来一个农妇伸出手,把一封挂号信交给他……米哈依尔·阿维良内奇说了些什么。然后一切都消失了。安德烈·叶菲梅奇便永远地昏迷了。

来了几个杂役,抓住他的胳膊和腿,把他抬到小教堂里去了。在那里,他躺在桌子上,眼睛仍然睁着。夜晚的月亮照耀着他。早晨,谢尔盖·谢尔盖伊奇来了,面对雕着耶稣受难像的十字架虔诚地做了祈祷,把他前任长官的眼睛合上了。

过了一天,安德烈·叶菲梅奇被埋葬了。送葬的只有米哈依尔·阿维良内奇和达留什卡。

(1892年)

挂在脖子上的安娜

一

婚礼以后,就连清淡的小吃也没有了。这对年轻人喝了一杯酒,便换上衣服,坐车到火车站去了。他们没有举行快乐的结婚舞会和晚宴,也没有音乐和舞蹈,而是到二百俄里之外去参拜圣地。许多人都赞同这种做法。他们说,莫捷斯特·阿列克谢伊奇已经身居要职,而且不年轻了,热闹的婚礼对他也许显得不大合适了,况且又是一位五十二岁的官员娶一位刚满十八岁的姑娘。音乐会令人感到乏味。他们还说,莫捷斯特·阿列克谢伊奇是个规矩人,他之所以要到修道院去旅行,只是要让自己年轻的妻子知道,在婚姻中他也把宗教和道德放在首要地位。

大家都来给新婚夫妇送行。一群同事和亲戚手捧酒杯站在那里等候着,火车一开便高喊"乌拉"。新娘的父亲彼得·列昂契奇戴一顶高筒礼帽,穿一身教师制服,已经喝醉了,脸色很白,老是端着酒杯向窗子旁边探过身去,央求说:

"安尼娅!安尼娅!安尼娅,我说一句话!"

安尼娅从窗口向他探出身来,他就小声对她说话,一股酒气袭来,吹向她的耳朵,她什么也听不清楚。他在她脸上、胸口上、手上画十字。这时他的呼吸发颤,眼睛闪着泪花。安尼娅的弟弟彼嘉和安德留沙这两个中学生则在父亲的后面拉了拉他的制服,不好意思地小声说:

"爸爸,行了……爸爸,别说了……"

火车开动时,安尼娅看见父亲在车厢后面跟跟跄跄地跑了几步,杯子里的酒也洒了。他的脸容是多么可怜、善良而又愧悔啊。

"乌——拉——拉!"他喊道。

现在就只有新婚夫妇在一起了。莫捷斯特·阿列克谢伊奇察看了一下车厢,把物件放在架子上,便在自己年轻妻子的对面坐下来,微微笑了笑。他是一位中等个头的官吏,相当丰满,很胖,保养得很好,鬓须很长却没有唇髭。他那剃光了的、轮廓分明的下巴活像脚后跟,他脸上最突出的特点就是没有唇髭。这块刚剃过的光秃秃的地方逐渐地延伸到胖得像果冻一样发颤的脸颊上。他外表庄重,动作从容,态度温和。

"我现在不由得想起一件事,"他微笑着说,"五年前科索罗托夫获得二等圣安娜勋章去向大人道谢时,大人曾作下面的表示:'那么你现在已经有三个安娜了:一个挂在你的纽扣孔上,两个挂在脖子上。'必须说明,当时科索罗托夫太太,一个特别爱挑眼的轻佻女人,刚刚回到科索罗托夫身边,她的名字就叫安娜。我希望,我获得二等安娜勋章时，大人没有理由再说这同样的话。"

他那双小眼睛微笑着。她也微笑着，可是当她想到，这个人随时都可以用其又厚又潮湿的嘴唇吻她，而她却没有权利拒绝他时，她便心慌意乱了。他那胖大的身体稍稍一动，她就会吓一跳，她觉得他又可怕又讨厌。他站了起来，不慌不忙地从脖子上摘下勋章，脱掉上衣和坎肩，穿上长袍。

"这样就好了。"他说道，在安尼娅身边坐下来。

她想起了举行婚礼时的那种难受。当时她觉得，不论是牧师还是宾客，教堂里的所有人都用忧郁的目光看着她：为什么，为什么她，一个可爱、漂亮的姑娘竟嫁给这么一个乏味的、岁数那么大的人呢？就在今天早晨，她还感到很高兴，觉得一切都安排得很好，可是在举行婚礼的时候和现在坐在车厢里的时候，却觉得自己错了，受骗了，可笑了。瞧，她嫁给了一个有钱人，自己却仍旧没有钱，结婚礼服还是赊账缝制的，而且今天父亲和弟弟给她送别时，她从他们的脸上可以看出，他们身上仍是分文皆无！他们今天能吃上晚饭吗？明天呢？不知为什么，她觉得，现在她不在家，而父亲和孩子们正在家里挨饿，她感受到像母亲出殡后第一个晚上的那种忧伤。

"啊，我是多么的不幸！"她想道，"我为什么会这么不幸呢？"

莫捷斯特·阿列克谢伊奇是一个稳重的、不习惯与人交往的人。他不好意思地扶了扶她的腰部，拍了拍她的肩膀，而她却还在想着钱，想着母亲，想着母亲的死。母亲死的时候，她的父亲彼得·列昂契奇，一个中学里的图画和习字教员，喝上了酒，从此家里就穷了。孩子们没有鞋穿，父亲被告到民事局那里，有个法官去他家查抄了家具……多么丢人啊！安尼娅只好去照料醉酒的父亲，给弟弟们缝补袜子，到市场上买东西。当有人夸她漂亮、年轻和妩媚时，她就觉得，全世界的人都看到她那顶廉价的帽子和用墨水染过的鞋上的窟窿。每到晚上她就哭，而且有一种摆脱不了的恐惧。她认为，父亲由于有酗酒的毛病，很快就会被学校辞退，而他会受不了，从而也像母亲一样死去。后来相识的太太们出来张罗，要给安尼娅找个好人家。很快他们就找到了这个莫捷斯特·阿列克谢伊奇，他既不年轻，也不漂亮，但是有钱。他在银行里有十万存款和一个租赁出去的地产。此人行为规矩，颇受上司的赏识。有人对安尼娅说，他可以求大人给中学校长，甚至督学写封信，让学校不要辞掉彼得·列昂契奇……

正当她在回想这些琐事时，突然从窗口传来了音乐，还夹杂着人们的喧哗。这是一列火车在小站停下来了。在月台后面的人群中，人们正热闹地拉手风琴和声音刺耳的小提琴，从高耸的桦树和白杨树后面，从沐浴在月光下的别墅后面，则传来了军乐队的音乐，想必是有人在别墅里举办舞会。避暑客和城市居民都在月台上散步，他们是趁好天气到这里来呼吸新鲜空气的。这中间有一个又高又胖的黑发男子，叫阿尔狄诺夫，他是个富翁，是这里所有别墅地产的业主。他长着一双暴眼，脸形很像亚美尼亚人，穿一身古怪的服装：他穿着衬衣，胸前却完全敞开，脚上穿一双带马刺的高筒鞋，黑色斗篷耷拉在肩膀上，像长后襟一样直拖到地上。两条猎狗用尖尖的嘴脸探着地面，跟在他后面走着。

安尼娅眼睛里仍闪着泪花，但她现在已经不回想母亲，也不想钱、不想自己的婚礼了。她握了握她认识的中学生和军官们的手，欢快地笑着，快速地说：

"你们好，生活得怎么样？"

她走到车站的月台上，站在月光下，让大家都能看见穿着漂亮衣裳、戴着帽子的她。

"我们的火车为什么在这里停下来呢？"她问道。

"这里是会让站，"人们回答她说，"大家在等邮车开过来。"

她发现，阿尔狄诺夫在看她，便卖弄风情地眯缝着眼睛，大声地说法国话。因为她的声音是那么好听，因为她听到了音乐，因为月亮映在水池里，因为阿尔狄诺夫这个出名的好色的淘气鬼如此贪婪地看着她，还因为大家都兴高采烈，她突然快活起来。当火车开动，她所认识的军官们向她行军礼告别时，她索性哼起了波尔卡舞曲，这个曲子是从树林后面的军乐队传来的。她带着下面一种感觉回到了自己的车厢，就好像这个小车站的人们已向她保证：她将来无论如何都一定会幸福的。

这对新婚夫妇在修道院里逗留了两天，然后回到城里。他们住在公家的住所里。莫捷斯特·阿列克谢伊奇去上班的时候,安尼娅就在家里弹弹钢琴,或者因为无聊而哭哭鼻子,要不就躺在躺椅上看看小说,翻阅时装杂志。午饭时莫捷斯特·阿列克谢伊奇吃得非常多,并且谈论政治,谈论任命、调职和奖励,谈论人必须劳动,家庭生活不是享乐,而是尽义务,还说卢布是由每一个戈比节省来的;他把宗教和道德看得比世界上的一切东西都要高。他用拳头握着一把餐刀,就像握着一把剑似的说:

"每个人都应当有自己的责任!"

安尼娅听着他说话,很害怕,无法吃饭,常常是饿着肚子从桌边站起来。午饭后丈夫就去休息了,并且鼾声如雷。她便回家去看自己的家人。父亲和孩子们用一种特殊的眼神看着她,似乎在她进门之前,他们还在指责她不该为钱而嫁给了一个她不爱的、令人厌烦的、枯燥乏味的人。她那窸窣作响的连衣裙、手镯、全身的太太气派,都使他们感到不舒服,感到受了侮辱。他们在她面前有点发怵,不知道对她说些什么好。不过他们都像从前那样爱她,吃饭时她不在,他们会觉得不习惯。现在她坐下来与他们一起吃饭、喝汤,吃带有蜡烛味的羊油煎的土豆。彼得·列昂契奇用发颤的手拿起小酒瓶,斟了一杯酒,令人难堪地迅速而又贪婪地喝了下去,接着又是第二杯、第三杯……彼嘉和安德留沙这两个又瘦又苍白、眼睛很大的孩子夺过小酒杯,张皇失措地说:

"别喝了,爸爸……够了,爸爸……"

安尼娅也不安起来,恳求他别再喝了。他却突然冒火了,用拳头捶打桌子。

"任何人也不许来管我!"他喊道,"顽皮的小男孩,小姑娘!我把你们全都赶出去!"

不过,在他的声音里却流露出软弱和善良,所以谁也不怕他。平时午饭后,他总是要打扮一下自己。他脸色苍白,下巴上有一块刮胡子时留下的割伤的刀痕。他伸长脖子要在镜子面前足足站上半小时,修饰着自己,时而梳头,时而捋捋自己的黑胡须,喷上一点香水,领带扎成花结,然后戴上手套和圆筒高帽,到私人家教馆去了。如果碰上假日,他就待在家里。画画或弹奏小风琴,琴声吱吱响、嗡嗡叫,他极力想弹出匀称、和谐的声音来,并且伴着唱,否则他就对孩子们生气:

"恶棍!坏蛋!你们把乐器弄坏了!"

每天晚上,安尼娅的丈夫都跟住在公家房子里的他的同事们一块儿打牌。打牌时,那些官太太也聚在一起,在住所里开始说人家的各种坏话。这都是些其貌不扬、装束不雅、跟厨娘一样粗俗的女人,她们说的话也跟这些太太本人一样丑陋和乏味。有时候莫捷斯特·阿列克谢伊奇带安尼娅去看戏。幕间休息时,他也不让她离开自己半步,挽住她的胳膊,就在走廊和休息室里走一走。每当跟人打招呼时,他都立即小声对安尼娅说:"这是五品文官……大人接见过他……"或者说:"此人有家产……有房子……"他们经过小卖部时,安尼娅很想吃点甜食,她喜欢吃巧克

力和苹果点心,但自己又囊中羞涩,也不好意思向丈夫开口。他呢,有时拿起一个梨,用手指捏了捏,犹豫地问道:

"怎么卖?"

"二十五戈比。"

"这么贵!"他说,便把梨放了回去。但是不买点东西就离开小卖部又有点不好意思,便要了一瓶矿泉水,并自个儿把它喝光,眼睛里都要流出眼泪来了。这时安尼娅恨死了他。

有时候他会忽然满脸通红,迅速地对她说:

"向这位老夫人鞠个躬!"

"可是我并不认识她。"

"不管怎样,她是税务局局长的夫人!我说,你倒是鞠躬啊!"他坚持地埋怨道,"你的脑袋又不会掉下来。"

安尼娅鞠了躬,而她的脑袋也的确没有掉下来,但她心里很难过。丈夫要她怎么做她就怎么做,同时她又恼恨自己,因为他把她当作最傻的傻瓜欺骗了她。她本来只是为了钱而嫁给他的,然而她现在却比出嫁之前更缺钱。过去父亲有时还给她二十戈比银币,而今她却分文没有。她不能去偷钱或向他要钱。她怕丈夫怕得发抖。她觉得,在她的灵魂中早就害怕这个人了。以前小的时候,她总觉得中学校长是世界上最巨大最可怕的力量,像乌云或火车头压下来那样,会把她压死;另一种同样的力量,就是那位大人,家里经常谈到他,而且不知为什么,大家都害怕他。此外还有十几种比较小一点的力量,其中就有一位中学教师。他剃掉了唇髭,很厉害,是铁石心肠的人。现在这个莫捷斯特·阿列克谢伊奇是最后的一个,他是个循规蹈矩的人,甚至面貌也很像校长。在安尼娅的想象中,所有这些力量都合成了一股力量,就像是一头可怕的大白熊,紧逼着像他父亲那样的弱者和有过失的人。她也不敢说什么反对的话,而是强赔着笑脸;当她受到粗暴的爱抚,被他那恐怖的拥抱所污辱时,她还得表现出违心的欢快的样子来。

只有一次,彼得·列昂契奇由于要还一笔很不愉快的债,壮着胆子向他借五十卢布。可这要遭受多大的罪啊!

"好吧,我借给您,"莫捷斯特·阿列克谢伊奇想了想后说,"不过我要警告您,如果您再不戒酒,我就再也不会帮助您了。对一个在国家机关里做事的人来说,有这种嗜好是可耻的。我不能不向您提醒一个众所周知的事实:许多有才干的人都是被这种嗜好毁掉的。然而他们若是戒了酒,或许还能成为身居高职的大人物呢!"

接着便是没完没了的复合句:"按照……""根据这种情况……""鉴于以上所述……"可怜的彼得·列昂契奇被这种侮辱折磨得更想喝酒了。

两个弟弟老是穿着破靴子和破裤子来看望安尼娅,他们也必须听从安尼娅丈夫的训斥。

"每个人都应该有自己的责任!"莫捷斯特·阿列克谢伊奇对他们说。

他不给他们钱,不过却给安尼娅买戒指、镯子、胸针，说是这些东西到困难的时候会有用处。他经常打开她的抽屉柜，查看那些东西是否全都在柜里。

二

这时冬天来了。离圣诞节还有好长时间，地方报纸就已发布消息说，一年一度的冬季舞会"定于"十二月二十九日在贵族俱乐部举行。每天晚上玩过纸牌后，莫捷斯特·阿列克谢伊奇都很兴奋，跟官太太们小声聊天，担心地监视着安尼娅，然后一面在房间里走来走去，一面想心事。终于，在一个夜晚，很晚了，他站在安尼娅面前说：

"你该给自己缝一件舞衣了，明白吗？请你去跟玛丽娅·格里戈利耶夫娜和娜塔利娅·库兹明尼什娜商量一下。"

他给了她一百卢布，她收下了。可是在定制舞衣时，她并没有去找谁商量，只跟父亲说过一声。她尽力设法自己回想母亲跳舞时是如何穿戴的。她已故的母亲总是打扮得最时髦，也老是为安尼娅忙碌，把她打扮得像洋娃娃那样优雅、漂亮，并教她说法语和跳玛祖卡舞（结婚之前母亲曾做过五年的家庭教师）。安尼娅也跟母亲一样，会把旧衣服改成新衣服，用汽油擦洗手套，租用"贵重首饰"；她也和母亲一样，善于眯缝着眼睛，嗲声嗲气地说话，会扭捏作态，必要时装出很高兴的样子，或者做出忧伤的、让人捉摸不透的神情。而她的黑色的头发和眼睛，神经质和爱打扮自己的习惯则是从父亲那里继承来的。

去参加舞会的半小时之前，莫捷斯特·阿列克谢伊奇没有穿礼服走进她的房里，那是要在她的穿衣镜面前把勋章挂在自己脖子上。当他看见她的美貌和那身飘逸的华丽的新装时，不由得着迷了，得意扬扬地捋着自己的络腮胡子说：

"瞧，我的太太竟是这么漂亮……瞧你多漂亮啊！安尼娅！"他继续说，突然又改成了庄严的口气，"我已经给了你幸福，今天你也要让我得到一点幸福。我请求你去结识大人的太太！上帝保佑，通过他我就可以谋到高级呈报官的位子！"

他们来到舞会上。瞧，这里是贵族俱乐部，有看门人看守着的大门，有摆着衣帽架的前厅，有各种皮大衣，有穿梭不停的仆役和用扇子遮挡着过堂风的袒胸露肩的太太们。空气中散发着煤气灯和士兵的气味。安尼娅挽着丈夫的胳膊沿阶梯走上楼去时，听到了音乐，看见了大镜子里由许多灯光照亮的自己的身影，心里顿时欢乐起来，就跟那次月夜下在小车站里体验到的幸福的预感一样。她自信而高傲地走着，第一次感觉到自己已不是姑娘，而是一位太太，并不自觉地模仿起自己已故母亲的步态和派头来，也是平生第一次觉得自己富有而且自由，甚至丈夫在身边，她也不觉得拘束，因为在她跨进俱乐部的大门时，已经本能地意识到，老丈夫在身边，不仅丝毫不会降低她的身价，相反，会增加她为男人所十分喜欢的那种有诱惑性的神秘印象。大厅里已鼓乐轰鸣,跳舞开始了。在官家住所里住过一段时间之后,此时她却处在这种光亮、花花绿绿、音乐和闹声等的包围之中。安尼娅把目光投向大厅时想道:"啊,多么好啊!"她很快就在人群中认出了她从前在晚会上或游园会上见过的熟人,所有那些军官、教师、律师、文官、贵族地主、达官贵人、阿尔狄诺夫及上流社会的太太们。太太们有的打扮得很漂亮,有的袒胸露肩,有的好看,有的乏味,他们已经在慈善市场的小木房里和货亭里占好了位子,准备卖些东西,为穷人募捐。一位身材高大,戴着肩章的军官(她还是在当中学生时在基辅街上认识他的,现在已经记不起他的姓名了)好像是从地底下冒出来似的,走过来请她跳华尔兹舞。于是她离开丈夫,跟他跳起舞来。她觉得自己好像是在暴风雨中一只小帆船上漂游,丈夫已经远远地留在岸上了……她热烈而入迷地跳华尔兹舞,跳波尔卡舞,跳卡德里舞,从一个舞伴的手上换到另一个舞伴的手上,音乐声和嘈杂声弄得她如痴如醉,说话时俄语中夹杂着法语,吐字不清,不断地发笑,既没有想丈夫,也没有想别的人和事。她得到了男人们的垂青,这是很明显的,而且也不可能不是这样。她激动得喘不过气来,双手痉挛地捏着扇子,很想喝水。她的父亲彼得穿着揉皱了的、带有汽油味的衣服,走到她的跟前,递给她一小碟红色的冰激凌。

"今天你非常迷人,"他高兴地望着她说,"我从来没有像今天这么懊悔过!你结婚太早了……为啥呢?我知道,你这是为了我们，可是……"他用颤抖着的手拿出一沓钞票来，说道，"我今天收到了家教馆的薪俸，能够还清我欠你丈夫的那笔债了。"

她把小碟子递到父亲手里，立即就有人来拉她跳舞，把她带到远处去。透过舞伴的肩膀，她看见父亲搂着一位太太在镶木地板上滑行，跟着她在大厅里旋转。

"他不喝酒的时候是多么可爱啊！"她在想。

她跟原来那位身材高大的军官跳华尔兹舞，军官傲慢而又笨重，活像一具穿着军装的兽尸，他一面走，一面扭动着肩膀和胸部，勉强地踩着拍子，仿佛很不愿意跳舞似的。而她却在他的周围飞来飞去，用她的美貌和袒露的脖子逗弄着他。她的眼睛挑衅性地燃烧着，动作充满热情。他则变得越来越冷漠，伸出手给她时，也像皇帝发施舍似的。

"真棒，真棒！……"观众们说。

不过，身材高大的军官也慢慢地被触动了，也开始活跃起来，兴奋起来。已经被她迷住了的他，也进入了狂热状态，动作轻捷而充满活力。她只是扭动着肩膀，狡猾地瞧着他，俨然她已经是皇后了，而他则是她的奴隶。这时她觉得整个舞厅的人都在看着他们，所有的人都呆住了，都嫉妒他们。那位身材高大的军官还没有来得及向她道谢，观众却忽然让出一条道来，男士们则有点奇怪地垂下双手，挺直身子……原来燕尾服上挂着两枚星章的大人正向她走来。是的，大人正向她走来，因为他的眼睛直勾勾看着她，并且甜蜜蜜地微笑着，同时嘴唇也像在嚼着什么似的，每当他看见漂亮女人时都是这样的。

"非常高兴,非常高兴……"他开口说,"我要下命令,罚你丈夫坐禁闭室,因为他把这件瑰宝对我一直隐瞒至今。我是受妻子的委托来找您的。"他接着说,把手递给她,"你们应该帮助我们……嗯,对了……像美国人那样,应发给您一份美女奖金……嗯,对了……像美国人……我的妻子正着急地等着您呢。"

他把她领进小木房里,去见一位上了年纪的太太。这位太太的脸下半部格外大,就好像她嘴里含着一大块石头似的。

"帮帮我们吧,"她带着鼻音拉长声调说,"所有漂亮女人都在为我们慈善市场工作,只有您一个人不知为什么还在玩耍。您为什么不愿意帮助我们呢?"

老太太走后,安尼娅接替了她的位子,守在银茶炊和茶杯旁边,顿时这里的生意就兴隆起来。一杯茶安尼娅至少收一卢布。她硬逼着那位身材高大的军官喝了三杯,那个长着暴眼、害气喘病的富翁阿尔狄诺夫也走了过来。他已不像夏天安尼娅在火车站看见他时穿一身古怪的衣服,现在他穿着跟大家一样的燕尾服。他目不转睛地看着安尼娅,喝下一杯香槟酒,付了一百卢布,然后再喝一杯,再付一百卢布,而他一直没有说话,因为他害气喘病,透不过气来……安尼娅招来这些买主,收下他们的钱。其实她也深深相信,她的微笑和目光除了给他们极大的愉快外,并不能提供任何别的什么。她现在已经明白,她生下来就是专门为了过这种喧闹、豪华，把音乐、舞蹈、崇拜者融合在一起的生活的。她许久以来对那种威胁着她、好像要把她压死的力量的恐惧，现在看来都显得可笑了。她现在谁也不怕了，只是对母亲的辞世感到惋惜，要是母亲还在的话，一定会为她的成功跟她一块儿高兴的。

彼得·列昂契奇已经脸色苍白，但还坚持站稳。他走到小木房里要了一小杯白兰地。安尼娅脸红了，料想他会说出什么不得体的话来（她已经为自己有这么一个贫穷、平凡的父亲感到难为情），可是他喝完那杯酒，便从一沓钞票中抽出十卢布丢出去，一句话不说就傲慢地走了。过了一会儿，她看见他跟一个舞伴在跳轮舞，这时他的步子已经不稳了，嘴里喊叫着什么，弄得他的舞伴很狼狈。安尼娅想起三年前父亲在一场舞会上也是这样跟跟跄跄，又喊又叫，结果被派出所所长押送回家睡觉，第二天校长就威吓他，要革他的职。这个回忆来得真不是时候。

当小木房的茶炊熄灭，疲倦的女慈善家们把收到的捐款交给那位嘴里含着石块的上了年纪的太太之后，阿尔狄诺夫就伸出手挽住安尼娅，走进大厅里，那里已经为全体慈善市场的服务者准备好了晚餐。就餐的不过二十几个人，但是很热闹。大人提议干杯："在这个豪华的餐厅里应当为今天市场的对象，即便宜食堂的昌盛干杯。"陆军准将则建议："为那种连大炮也要为之屈服的力量干杯。"于是大家举起酒杯跟太太们碰杯。真是快活极了！

等到安尼娅被送回家时，天已经大亮，厨娘们也上市场了。她心情愉快,醉意绵绵,充满种种新的印象,却筋疲力尽,脱衣倒在床上,马上就睡着了……

下午一点多钟,女仆叫醒了她,并通报说,阿尔狄诺夫先生来访了。她很快穿上衣服,来到客厅里。阿尔狄诺夫走后不久,大人也来了。他是为她参加慈善市场的工作来道谢的,他甜蜜蜜地瞧着她,嘴里还嚼着东西,吻了她的小手,并请求允许他以后再来拜访,然后告辞了。她则站在客厅中央,惊讶而又迷惑,不相信她生活中的变化,不相信这种惊人的变化会来得如此迅速。就是在这个时候,她的丈夫莫捷斯特·阿列克谢伊奇走了进来……现在,他站在她的面前,同样是带着巴结的、甜蜜蜜的、奴仆般的恭维的表情。她既快活,又气愤,又轻蔑,并且相信,现在她不论说什么都没有关系,于是就每个字眼都十分清晰地说:

"滚开吧,傻瓜!"

从此之后,安尼娅就再没有过一个空闲的日子,因为她时而要参加野餐,时而要去郊游,时而要去演出。她每天都要到凌晨才能回家,就在客厅的地板上睡一觉,过后却动人地向人说,她怎样地在花丛底下睡觉。她需要很多的钱,不过她现在已经不怕莫捷斯特·阿列克谢伊奇了,花他的钱就像花自己的钱一样,她也不用请求他,不用向他去要,而是把账单或条子派人给他送去就行了:"交给来人二百卢布",或者"速付一百卢布"。

在复活节,莫捷斯特·阿列克谢伊奇得到了二等安娜勋章。他在向大人道谢时，大人把报纸搁在一旁，让自己在圈椅里坐得更稳一些。

"就是说，您现在有三个安娜了，"他说，看了看自己白色的双手和玫瑰色的指甲，"一个挂在纽扣眼上，两个挂在脖子上。"莫捷斯特·阿列克谢伊奇把两个手指小心地放在嘴唇上以免笑得太响，他说：

"如今我只期望着小弗拉基米尔出世了。我斗胆请求大人做教父。"

他指的是四等弗拉基米尔勋章。他已经在想象他要如何到处去讲他这句双关语的俏皮话了。这句又机智又大胆的话是成功的。他本想再说一句同样的妙语，可是这时大人却埋下头去看报了，只是点了点头……

安尼娅总是坐在三驾马车上出游，跟阿尔狄诺夫去打猎，去演独幕剧，去吃饭，越来越少待在家里。现在她独自吃饭了。彼得·列昂契奇喝酒比以前更厉害了，没有钱，小风琴早就卖掉抵债了。现在孩子们不放他一个人上街去，总是跟着他，生怕他跌倒。当他们在旧基辅街上遇见安尼娅坐着由一匹马驾辕、一匹马拉套的双套马车出行，而阿尔狄诺夫则代替马车夫坐在车夫座上时，彼得·列昂契奇就脱下礼帽，准备对她大喊一声，可是彼嘉和安德留沙却拉住他的手，恳求他说："爸爸，不要这样……好了，爸爸……"

(1895 年)

套中人

打猎误了时的人们就在米罗诺西茨科耶村边普罗科菲村长的杂物房里歇宿了。他们只有两个人：兽医伊万·伊万内奇和中学教师布尔金。伊万·伊万内奇有一个相当奇怪的双姓——奇姆沙·吉马莱斯基，这个姓对他很不合适。全省的人都只叫他的名字和父称。他住在城郊一个养马场里，这次出来打猎，是为了呼吸一点新鲜空气。中学教师布尔金则是每年夏天都要到伯爵家来做客的，对这个地方他早就很熟悉了。

他们都没有睡。伊万·伊万内奇是一个高高瘦瘦的老头儿，留着很长的唇髭，在门口脸朝外坐着，叼着烟斗，沐浴着月光。布尔金躺在里面的干草上，在黑暗中看不见他。

他们在聊天。顺便谈到了村长的老婆玛芙拉。她是一位健康的女人，也不笨，但她一辈子从来没有走出过自己的村子，从来没有见过城市，也没有见过铁路，近十年来总是守着炉灶，只有晚上才到外面走一走。

"这有什么奇怪的呢！"布尔金说，"生性孤独的人就像寄居蟹一样，竭力缩进自己的硬壳里去。在这个世界上这种人还不少哩。也许这是一种返祖现象，想重新回到人类祖先那个还不是群居而是各自单独地穴居的动物时代，也可能这只是人类各种性格的一种类型吧——谁知道呢？我不是自然科学家，论及这类问题并不是我的事。我只想说，像玛芙拉这样的人并不是罕见的现象。瞧，无须到远处去找，我们城里就有一个别里科夫，他是希腊语教师，我的一位同事，大约在两个月之前去世了。关于他的事，您当然也听说过。他之所以与众不同，是因为，即使在非常好的天气里，外出时他也要穿上套鞋、带上雨伞，而且一定要穿上暖和的棉衣。他的雨伞也装在套子里，表也装在灰色麂皮的套子里。当他拿出小折刀来削铅笔时，这小折刀也是装在小套子里的。他老是把他的脸躲在竖起的衣领里，因此他的脸也好像藏在套子里了。他戴一副黑眼镜，穿着绒衣，用棉花塞着耳朵。当他坐上马车时，就立即吩咐把车篷支起来。总而言之，在这个人身上可以看到一种一贯的、不可遏止的愿望：用一层外壳把自己包起来，为自己制作一个所谓的套子，把自己隔离起来，免受外界的影响。现实生活刺激他，使他害怕，他老是处在惶恐不安之中。也许是为自己的这种胆怯，为自己排斥现实世界做辩护吧。他老是赞扬过去，赞扬那从未有过的东西，比如他所教授的那些古代语言，对他来说，实际上也和他的套鞋和雨伞一样，是用以躲避现实生活的。"

"'啊，希腊语多么好听，多么优美！'他带着一种甜蜜蜜的表情说，并且好像要证明自己的话似的，眯起眼睛，伸出一个手指，念出一个词：'安特罗波斯！'"

别里科夫甚至连思想也极力藏在套子里。对于他来说，只有那些告示和有关禁令的报纸文章才是明白无疑的。当他看到禁止学生晚上九点钟以后上街的告示，或者是禁止性爱的文章时，他就觉得又清楚又明白：禁止就是了。而对于那些得到批准和许可的事情，他却觉得有些可疑的成分，觉得没有说透和模糊不清。每当城里获准成立一个戏剧小组或者阅览室，或者茶馆时，他总是摇摇头，并小声说："'当然，这固然很好，只是千万别闹出什么乱子来啊！'"

"任何违反法令、偏离常规、不合规则的事都会使他精神沮丧，虽然这些事看来与他并不相干。如果同事中有谁参加祈祷迟到了，或者听到中学生调皮捣蛋的传闻，再不就是有人看到女子中学的女学监同军官玩得太晚，他都会非常激动，并且不停地说：'千万别闹出什么乱子来啊。'在各种教务会议上，他那种谨慎、神经过敏和纯粹套子式的意见，简直使我们感到难受。说什么不论是男子中学还是女子中学的青年品行都很坏，在教室里吵吵嚷嚷。唉，千万别让上司知道了！唉，千万别闹出什么乱子来啊！还说什么，如果把二年级的彼得罗夫和四年级的叶戈罗夫开除，那倒很好。后来呢，他用叹息、牢骚及其苍白的小脸（您知道吗，那脸就像是黄鼠狼的脸）上的黑眼镜，使我们大家都折服了。我们让步了，扣了彼得罗夫和叶戈罗夫的操行分数，把他们禁闭起来，最后终于把彼得罗夫和叶戈罗夫开除了。他有一种奇怪的习惯,经常到我们的住所来。他每到一个教师家,都是坐着,不说话,好像在观察什么似的。就这样默默地坐上个把小时,然后走掉。他把这称作'与同事们保持良好的关系'。显然,他到我们这里来坐着,在他也是很难受的。他之所以来看我们,只是因为他觉得他对同事有这种义务罢了。我们教师们都怕他,连校长也怕他。您瞧,也难怪,我们这些教师都是有思想的、极正派的人,受过屠格涅夫和谢德林的培育。但是,这个老是穿着套鞋、带着雨伞的人却把整个中学禁锢了整整十五年!不光禁锢中学,还禁锢了全城。由于怕他知道,我们的太太们连星期日的家庭戏剧晚会也不举行了。他在的时候,牧师们不敢吃荤和玩牌。在别里科夫这种人的影响下,最近十年至十五年来,我们城里人变得什么都害怕,不敢大声说话,不敢寄信,不敢与人相识,不敢读书,不敢帮助穷人,不敢教人知书识字……"

伊万·伊万内奇想说点什么,清了清喉咙,但先点燃了烟斗,看了看月亮,然后才从容不迫地说:

"是啊,有思想、正派,读谢德林和屠格涅夫的作品,还读巴克尔等人的书,可是,他们却屈服、容忍这种事……问题就在这里。"

"别里科夫和我住在同一所房子里。"布尔金接着说,"在同一层楼上,门对着门。我们常见面,我知道他家里的生活。在家里他也是那一套:睡衣、睡帽、护窗板、门闩,一系列清规戒律,还有:'唉,千万别闹出什么乱子来啊!'素食有害,吃荤又不行,因为人家也许会说,别里科夫不坚持斋戒,于是他就吃奶油煎的鲈鱼,这既不是素食,但也不能说是荤菜。他不雇女佣,因为他怕别人对他有坏的想法,所以他雇了一个六十岁上下、神志不清、性情乖张的老头子阿法纳西做他的厨子。此人以前当过勤务兵,好歹能做点饭菜。阿法纳西总是双手交叉在胸前,站在门口,长叹一声,悄悄地重复着一句话:

"'时下他们这样的人多得很哩!'

"别里科夫的卧室很小,就像一个箱子,床铺挂着蚊帐。他一上床就把头蒙上,又热又闷,风抽打着关闭着的门,炉子发出嗡嗡声,从厨房里传来叹息声,不祥的叹息声……

"他躺在被窝里心里很害怕。他害怕会出什么乱子,害怕阿法纳西把他宰了,害怕小偷溜进来,然后是整夜做噩梦。早晨,我们一同到学校去的时候,他无精打采,脸色苍白。看得出来,他害怕他所去的那个有很多人的学校,非常厌恶。跟我走在一起,对他这个性情孤僻的人来说,也很难受。

"'我们的班级里学生闹得很,'他说,好像是在尽力寻找说明他难受的理由似的,'真不像话。'

"就是这个希腊语教师,这个套中人,您猜怎么着,还差点儿结了婚。"

伊万·伊万内奇很快地扫了一眼什物房,说:"您在开玩笑!"

"真的，尽管您觉得很奇怪，但他的确差点儿结了婚。我们这里来了一位新的史地教师，名叫米哈依尔·萨维奇·柯瓦连科，是乌克兰人，他不是一个人来，而是带着他的姐姐瓦莲卡一起来的。他年纪很轻，高个子，皮肤黝黑，一双手很大，从脸上就可以看出他是男低音。果然，他的嗓音像从大桶里发出来的：'嘭，嘭，嘭！'……而她呢，可不算年轻了，大概有三十岁了，不过她个子很高，身材匀称，黑黑的眉毛，两颊红润，总之，她已不是一位姑娘，而是一块水果软糖，伶俐活泼，爱说爱笑，老是哼着小俄罗斯的浪漫歌曲，并且高声大笑，动不动就'哈哈哈'笑起来。我记得，我们同柯瓦连科姐弟的初次相识是在校长命名日的宴会上。在那些拘谨的、甚至把赴命名日宴会也看作是尽义务的、紧张而又乏味的人中间，我们突然看见一位新的阿佛洛狄忒从泡沫里复活了：她双手叉腰地走着，又笑又唱，跳起舞来……她动情地唱着《风儿在吹》，然后又唱浪漫歌曲，接着又唱一支。她把我们所有的人，甚至包括别里科夫，都迷住了。"别里科夫靠近她坐下，甜蜜地笑着说：

"'小俄罗斯语言柔美，响亮动听，使人想起古希腊语。'

"这些话使她感到很愉快，于是她便热情而恳切地对他讲起他们加嘉奇县有个庄子，她妈就住在这个庄子里。庄子里有多么好的梨，多么好的香瓜，多么好的卡巴克！乌克兰人把南瓜称为卡巴克，把酒馆称作什诺克。他们称

红甜菜和茄子煮的红甜菜汤'很好吃,很好吃,简直好吃极了!'

"我们听着,听着,忽然,大家都想到一块儿了。

"'让他们结成夫妻该多好啊。'校长夫人小声地对我说。

"不知何故,我们大家都想起来了:我们的别里科夫还没有结婚。这时我也感到奇怪,他生活里的这件大事,我们以前怎么竟会没有注意,一直忽略了呢?他对女人一般会持什么态度呢?他又将如何解决这一迫切问题呢?以前我们全然没有关心这件事,也许连想也没有想过,这个不论什么天气都穿着套鞋、放下帐子睡觉的人也会恋爱。

"'他早已过了四十岁,而她也三十了……'校长夫人说明自己的想法,'我觉得,她肯嫁给他。'

"在我们省里,人们由于烦闷无聊,什么事没做出来呀,有过多少不必要的蠢事啊!这是因为,必要的事大家根本不做。瞧,就拿这个别里科夫来说吧,既然大家甚至不能想象他可以结婚,我们又何必突然要去撮合他们的婚事呢?校长夫人、副校长夫人以及我们中学的所有的太太都活跃起来了,甚至比以前变得好看多了,好像突然间发现了自己的生活目标似的。校长夫人在戏院里租了一个包厢。我们一看,坐在包厢里的原来是瓦莲卡,她摇着那么一把小扇子,容光焕发,满面笑容。坐在她旁边的是别里科夫,矮小、驼背,就像人家用钳子把他从家里夹出来的。我在家里办了一个小小的晚会,而太太们却要求我一定要邀请别里科夫和瓦莲卡参加。总之，机器开动起来了。看来，瓦莲卡并不反对出嫁，她在弟弟家里过得并不十分快活，他们整天都是又吵又骂的。您看看下面这个场面吧：柯瓦连科在大街上走着，他是一个又高又壮的大个子，穿一件绣花汗衫，帽子下面露出一绺长发耷拉在前额上，一只手提着一捆书，另一只手拿着一根带节疤的粗木棍。姐姐跟在他后面，也拿着书。

"'你啊，米哈伊里克，这本书你绝对没有读过！'她大声争辩道，'我跟你说，我敢发誓，这本书你根本没有读过！'

"'我跟你说我读过！'柯瓦连科大声喊道，用木棍在人行道上敲得很响。

"'唉，我的天呀，明契克！你干吗要发火？要知道，我们谈的是带原则性的问题。'

"'我跟你说我读过！'柯瓦连科喊得更响了。

"在家里，有旁人在的时候，他们也是这样大吵大嚷。大概这种生活使她厌烦了，因此想有一个自己的窝，而且也不能不考虑自己的年龄了。她现在已经没有时间再挑挑拣拣，嫁给谁都行！哪怕是那位希腊语教师也可以。原因是很明白的：对我们大多数的小姐来说，不管是嫁给谁，只要能嫁出去就行。不管怎么样，瓦莲卡对我们的别里科夫开始表示明显的好感了。

"而别里科夫呢？他也常到柯瓦连科家去串门了，就像常到我们这里来一样。进了他家就默默地坐着，一声不

响。而瓦莲卡就给他唱《风儿在吹》，或者用她那双黑眼睛若有所思地瞧着他，或者是放声大笑起来：'哈哈哈！'

"在恋爱的事情上，特别是在婚姻上，劝导往往能起很大的作用。不论是同事们和太太们，大家都劝说别里科夫应当结婚，对他来说，生活中除了结婚已没有别的缺憾了。我们全都向他道喜，用严肃的面孔向他说了各种俗套话，比方，婚姻是人生重要的一步等；何况，瓦莲卡长得不错，挺招人喜欢，她是五等文官的女儿，有田庄，更主要的是，她是第一个亲热而诚心地待他的女人。于是他有点飘飘然，拿定主意，真要结婚了。"

"那么，这时他的套鞋和雨伞就该收起来了。"伊万·伊万内奇说。

"您想象一下吧，这是不可能的。他虽然把瓦莲卡的照片摆在了桌子上，而且常到我这里来谈论瓦莲卡，谈家庭生活，谈婚姻是人生重要的一步，也常到柯瓦连科家去，但是他的生活方式却一点也没有变，甚至相反，结婚的决定好像使他染上了某种疾病似的，他变得更瘦了，脸色更苍白了，好像更深地躲进自己的套子里去了。

"'我喜欢瓦尔瓦拉·萨维什娜，'他对我说，带一种微微的苦笑，'我也知道，人人都要结婚，可是……您知道吗，这一切来得有点突然……需要好好想一想。'

"'这有什么好想的呢？'我对他说，'结了婚，就完事了。'

"'不，婚姻是终身大事，首先得估量一下面临的义务和责任……以后可不要闹出什么乱子来才好。这一点使我十分不安,如今我整夜都睡不着。说老实话,我害怕,她和她的弟弟有一种奇怪的思维方式。知道吗,他们议论起事情来有点奇怪。她性格又很活泼,结婚以后恐怕难免会闹出点什么麻烦来。'

"于是他没有求婚,一拖再拖,弄得校长夫人和我们所有的太太非常懊丧。他老是在琢磨将来的义务和责任,同时他又差不多每天都同瓦莲卡出去散步。也许他认为,在他这样的处境下他应该这样做。他常到我这里来,是为了谈谈家庭生活。如果不是突然闹出一场大笑话的话,他后来可能就结婚了,从而也就做成一桩不必要的、愚蠢的婚事了。在我们这里,由于烦闷无聊,由于无所事事,像这样结婚的有成千上万的例子。应该说一下,瓦莲卡的弟弟柯瓦连科从认识别里科夫的第一天起就恨他,受不了他。

"'我不明白,'他耸耸肩膀对我们说,'我不明白,你们怎么能够容忍这样的告密者,这样卑鄙的家伙。哎呀,先生们,你们怎么能在这儿生活啊!你们这里的空气要窒息人,坏透了!你们难道是教育家,是教师吗?你们是官僚。你们这里不是学府,而是警察局,并且散发出一股警察岗亭里的酸臭味。不,诸位老兄,我在你们这儿再住一阵,就要回到我们庄子里去了,在那里我可以捞捞鱼虾,教教乌克兰的小孩子。我是要走的,而你们却要同你们的犹大留在这里。叫他倒霉去吧。'

"要不他就哈哈大笑,笑得流眼泪。他时而用男低音,

时而又用尖细的声音，摊开双手问我：'他干吗要上我这儿来坐着？他想干什么呢？坐着，两眼发直。'

"他甚至给别里科夫起了一个外号，叫'蜘蛛'。当然，我们没有对他说他姐姐瓦莲卡打算跟'蜘蛛'结婚的事。有一次，校长夫人暗示他说，要是他的姐姐跟别里科夫这么一个可靠的、受大家尊敬的人结婚，倒是一件好事。这时他皱起眉头说：'这不关我的事。哪怕她跟毒蛇结婚也行。我不喜欢干涉别人的事。'

"现在您听一听后来的事情吧。有一个捣蛋鬼画了一张漫画，画中的别里科夫穿着套鞋、卷起裤腿、打着雨伞，正在走路。瓦莲卡挽着他的胳膊。下面的题名是：'热恋中的人。'您明白吗，表情画得妙极了！想必画家不止画了一夜，因为所有男中和女中的教师、宗教学校的教师和官员都接到了一份。别里科夫也接到了一份。这幅漫画给了他非常难受的印象。

"这天正好是5月1日，星期天，我们一起从家里出来。我们全体教师和学员事先约好在学校里集合，然后一起步行到城外的小树林里去。我们都来了，他却愁眉苦脸，脸色比乌云还要阴暗。

"'竟有如此恶劣、歹毒的人！'他小声说道，嘴唇都颤抖了。

"我甚至同情他了。我们走着。忽然，您能想象到吗，柯瓦连科骑着自行车过来了，瓦莲卡也骑着自行车跟在他的后面。她满脸通红，消瘦了许多，可是开心，快活。

"'我们先到前面去了!'她大声喊道,'咳,天气多好啊!多好啊,简直好极了!'

"他们俩一会儿就消失了。我们的别里科夫则从愁眉苦脸变成脸色苍白,好像是僵住了。他站住,望着我——

"'对不起,这是怎么一回事?'他问道,'也许是我看错了?难道中学教师和女人骑自行车还成体统吗?'

"'这有什么不成体统的?'我说,'就让他们随便骑好了。'

"'这怎么可以呢?'他叫喊起来,看见我满不在乎的样子,他很惊讶,'你在说什么啊?!'

"他大为震惊,于是不想再往前走,回家去了。

"第二天,他老是神经质地搓手,打哆嗦,从他的脸上可以看出,他身体欠佳。还没上完课他就走了,这是他平生第一次这样做,也没有吃午饭。尽管外面已完全是夏天天气,傍晚时他还是穿得很多,慢慢地往柯瓦连科家里去。瓦莲卡不在家,他只见到了她的弟弟。

"'您就请坐吧。'柯瓦连科皱着眉头冷冷地说。他的脸上睡意未散,午饭后他刚休息了一会儿,心情很不好。

"别里科夫默默地坐了十分钟左右才开始说:

"'我到这里来,是为了减轻我内心的痛苦,我心里非常非常难受。有一个卑鄙的人画了一幅漫画,把我和另一个与我们俩都很亲近的女人画成可笑的样子。我认为我有责任让您相信,我与此事毫无关系……我没有做任何可以为这种讥讽做口实的事情,相反,我任何时候的行为举止

都是一个完全正派的人。'

"柯瓦连科噘着嘴坐着,一言不发。别里科夫等了一会儿,接着又用忧郁的声调小声地说:

"'我还有一点事要对您说。我已经从教多年了,而您刚刚开始工作,作为一个老同事,我认为有责任对您提出忠告。您骑自行车,这种游戏对一个青年教育者来说,是很不体面的。'

"'为什么呢?'柯瓦连科用男低音问道。

"'这难道还要解释吗?米哈依尔·萨维奇,难道您不明白吗?如果教师骑自行车,那么学生会干出什么事来呢?他们就只有用头顶着地走路了!既然当局没有通令允许这样做,那就是不行。昨天我大吃一惊!当我看见您姐姐时,我眼前都发黑了。女人或姑娘骑自行车,这太可怕了!'

"'说实在的,您到底想干什么呢?'

"'我只想做一件事,就是警告您,米哈依尔·萨维奇。您是青年人,前途远大,您要十分谨慎小心才成,而您却如此马虎大意。哎呀,如此马虎大意。您穿绣花汗衫,经常在大街上提着书走来走去。而现在又骑自行车。您和您的姐姐骑自行车的事会让校长知道的,然后又会传到督学的耳朵里……这会有什么好结果吗?'

"'我和我姐姐骑自行车,这不干任何人的事!'柯瓦连科说,涨红了脸,'谁要是干涉我的家事和家属的事,我就叫他滚蛋!'

"别里科夫脸色煞白,站了起来。

"'要是您用这样的口气跟我说话,那我们就谈不下去了。'他说,'我要求您永远不要在我面前这样地谈论上司,您应该尊敬当局才对。'

"'难道我对当局说了什么坏话吗?'柯瓦连科问道,生气地看着他,'请您不要打搅我。我是个正直人,我不想跟您这样的先生谈话,我不喜欢告密者。'

"别里科夫神经质地慌乱起来,急忙穿上大衣,脸上显出害怕的表情。要知道,他有生以来头一回听到如此不礼貌的话。

"'您要说什么,随便吧,'他一面说,一面走出前堂,来到楼梯台阶上,'我只是预先声明一下,说不定有人偷听了我们的谈话。为了避免我们的谈话被曲解和闹出什么乱子来,我应该把我们谈话的内容……基本要点,向校长先生报告一下。我必须这样做。'

"'报告?去吧,去报告吧!'

"柯瓦连科从后面一把抓住他的衣领,猛地一推,别里科夫就顺着楼梯滚下去了,他的套鞋啪啪地响。楼梯高而且陡,不过他滚到下面却平安无事。他站起来,摸摸鼻子,看眼镜碰碎没有。可是,正当他从楼梯上滚下来时,恰巧瓦莲卡回来了,还带了两位太太,她们站在下面并瞧着他——这对别里科夫来说比什么都可怕。看来,哪怕是摔断了脖子和两条腿,也比成为取笑的对象要好些,因为,这下全城的人都会知道这件事,并将传到校长的耳朵里,传到督学的耳朵里。哎哟，千万别闹出什么乱子来！人家又会来一幅漫画，其结果就会命令他辞职……

"当他站起来时，瓦莲卡才认出是他。她瞧着他那可笑的脸，揉皱的外衣和套鞋，不明白是怎么一回事，还以为是他自己意外地摔下来的，便忍不住哈哈大笑起来，笑得整所房子都听得见：'哈哈哈！'

"这响亮的有节奏的'哈哈哈'的笑声把一切都结束了：做媒求亲的事结束了，别里科夫的人间生活也结束了。他没有听见瓦莲卡说了什么，也没有看见什么。他回到家里，首先是把桌上放着的瓦莲卡的照片拿掉了，然后便躺下来，从此就再也没有起来。

"大约过了三天，阿法纳西来找我，问我要不要派人去请医生，因为，据说他主人有点毛病。我便去看别里科夫。他躺在帐子里，盖着被子，不言语：不管你问什么，他都回答'是'或者'不是'，别的什么也不说。他躺着，阿法纳西则在他旁边走来走去，满脸忧郁，愁眉不展，深深地叹气，从他的身上散发出一种像酒馆里的烈酒气味。

"过了一个月，别里科夫死了。我们大家都去给他送葬，就是说，两个中学和一个宗教学校的人都去了。如今他躺在棺材里，表情温顺、愉快，甚至高兴，好像他在庆幸自己终于被装进了套子里，永远也不用再从套子里出来了。是啊，他实现了自己的理想！天公好像也在对他表示敬意，他出殡的时候，天色变得阴暗，下起雨来了。我们全都穿着套鞋打着雨伞。瓦莲卡也参加了葬礼。当棺材放进墓穴时,她哭了几声。我发现,乌克兰女人总是不是哭就是笑,中间的心情她们是没有的。

"说实在话,埋葬别里科夫这种人是一件大快人心的事,但是我们谁也不愿意流露出这种快活感。我们从墓地回来时,大家的表情是谦逊而忧郁的。那种快活感就像我们许久以前做孩子的时候,当大人不在家,到花园里去跑一两个钟头,享受充分自由的那种感觉。哎呀,自由啊,自由!甚至哪怕只是一种暗示,一种可能得到自由的微弱的希望,人的灵魂就会长出翅膀来。不是这样吗?

"我们从墓地回来后,心情很好。可是还没有过去一个星期,生活又和原先一样了:严峻、厌倦、乱七八糟。这样的生活虽然没有明令禁止,可也没有得到充分的许可啊。情况并没有好转。事实上,人们虽然埋葬了别里科夫,可是还有多少这样的套中人活着,将来还会有多少这样的人呢!"

"问题就在这里。"伊万·伊万内奇说,又点燃了烟斗。

"将来还会有多少这样的人呢!"布尔金又说了一遍。

这个中学教师从什物房里走出来。他是一个敦实的矮胖子,头全秃了,黑胡子几乎齐腰长。有两条狗也跟着他跑了出来。

"月亮,月亮真好!"他抬起头说。

已经是午夜了。从右边可以看到整个村子。长长的街道延伸得很远,有五俄里长。一切都进入了恬静的深深的睡眠状态，没有一点动静，没有一丝声音，甚至让人不敢相信大自然竟会如此寂静。你在月夜看见宽阔的村街及其农舍、草垛和熟睡的柳树，心里就会变得宁静。在这个躲开了劳动、操心和悲伤而被夜色包藏起来的静寂里，村街显得那么温和、忧郁、美丽，似乎星星在亲热地、动情地瞧着它，似乎大地上已没有了恶，一切都非常美好。左边，村子的尽头，便是田野。这里可以看到很远的地方，直到天边。在这一大片洒满月光的田野上，同样是没有一点动静，没有一点声音。

"问题就在这里。"伊万·伊万内奇又说一遍，"我们住在城里，又闷气又拥挤；我们写一些无用的文章、玩纸牌——这岂不也是套子吗？我们在懒汉、爱打官司的人和愚昧的浪荡女人中度过一生，自己说也听别人说各种废话——这岂不也是套子吗？喂，您如果愿意听，我就给您讲一个很有教益的故事。"

"不，现在到该睡觉的时候了，"布尔金说，"明天再讲吧。"

他们俩走进什物房，在干草上躺下来。他们俩盖上被子，刚要入睡，却忽然听见轻轻的脚步声：吧嗒、吧嗒……离什物房不远有人在走动，走了不远又停了下来。过了一分钟，又吧嗒、吧嗒响起来……狗叫起来了。

"这是玛芙拉在走动。"布尔金说。

脚步声停止了。

"你看着听着人家撒谎，"伊万·伊万内奇翻了个身说，

"人家就会因为你容忍这种虚伪而说你是傻瓜。你忍受人家的欺负和侮辱,不敢公开宣布你站在正直和自由的人的一边,而且你自己也撒谎,还堆出笑容。这一切无非就是为了混一口饭吃,得到一个温暖的窝,谋到一个一文不值的官职罢了!不,不能再这样生活下去了!"

"得了,您离题太远了,伊万·伊万内奇,"布尔金说,"我们睡觉吧!"

十分钟以后布尔金就睡着了。伊万·伊万内奇却翻来覆去睡不着,并且直叹气。后来他便起来,走出去,在门边坐下,点上了烟斗。

(1898年)

醋栗

打从大清早起,整个天空就雨云密布。没有风,也不热,却闷气。大凡在灰色阴暗的日子里,田野上空早已乌云遮天,眼看快要下雨却又没有下的时候,往往就是这种天气。兽医伊万·伊万内奇和中学教师布尔金已经走累了。他们觉得,这田野好像没有尽头似的。前面很远的地方,米罗诺西茨戈耶村的风车隐约可见,右边是连绵不断的丘岗,一直延伸到村庄后面很远的地方才消失。他们两人都知道,这边是河岸,那边是草地、绿色的柳树和庄园。如果站在一个丘岗上,就可以看见同样辽阔的田野、电信设施和一列像正在爬行的毛毛虫似的火车,而在晴朗的天气甚至看得见城市。今天是一个无风的天气,整个大自然都显得那么温和,好像是在沉思。伊万·伊万内奇和布尔金对这片田野都满腔热爱,两人都在想:这个地方是多么辽阔、多么美丽啊!

"上一次我们在村长普罗科菲的仓房里过夜的时候,"布尔金说,"您曾打算讲一个故事来着。"

"是的,我当时想讲一讲我弟弟的事。"

伊万·伊万内奇深深地叹了一口气,并点上了烟斗,就要开始讲故事。可是这时却下起雨来了。五分钟以后,雨下得非常大,不停地下,而且很难见出什么时候雨才能停下来。伊万·伊万内奇和布尔金站着,思考起来。淋湿了的狗也夹着尾巴站在那里,带着温顺的神情望着他们。

"我们需要找个地方避避雨,"布尔金说,"到阿廖欣家去吧,离这里很近。"

"那我们走吧。"

他们向一边拐过去,沿着已收割完的田野走去,时而照直走,时而往右走,后来上了大道。路边很快便出现了白杨、花园,后来他们又看见了谷仓的红房顶。河水闪着亮光,顿时眼界开阔了,面前是一片宽阔的水面,有一个磨坊和白色的水滨浴场。这就是阿廖欣居住的索菲诺村。

磨坊在工作,它的声音盖过了雨声。水坝在震颤。大车旁边站着几匹湿淋淋的马,它们都耷拉着脑袋。人们披着麻袋走来走去。这里潮湿、肮脏、不舒服,水面看样子是冰凉的、不祥的。伊万·伊万内奇和布尔金已感到全身潮湿、不干不净和不舒服,脚也因沾了污泥而变得沉重了。他们穿过水坝,爬到上面,往地主的谷仓走去时,都没有说话,好像彼此在生气似的。

其中一个谷仓里簸谷机轰隆作响,门开着,从里面冒出阵阵灰尘。阿廖欣本人就站在门口,他是一个四十岁上下的男子,又高又胖,留着很长的头发,看上去与其说像地主,不如说像一位教授或艺术家。他穿一件白色的但很久没有洗过的衬衫,腰上系根绳子,没穿长裤,靴子上也沾满了污泥和麦秸,鼻子和眼睛都被灰尘染得挺黑。他认出了伊万·伊万内奇和布尔金,显得很高兴。

"先生们,请进屋里,"他微笑着说,"我马上就来,一会儿。"

这是一座两层楼的大房子。阿廖欣住在一楼的两个房间里,那里有拱顶和小窗子,原来是管家们住的。屋里摆设简单,充满黑麦面包、廉价白酒和马具的气味。楼上的正房他很少去,只有当客人来了他才去一趟。伊万·伊万内奇和布尔金走进房间时,迎接他们的是一个女用人,年轻的女人,非常漂亮,以至两人都顿时站住了,相互看了一会儿。

"你们不能想象我看见你们有多么高兴,两位先生,"阿廖欣说,跟在他们后面走进了前堂,"真是没有想到!佩拉格娅,"他对女用人说,"去拿衣服来给客人换一换吧,顺便我也要换一换。只是首先我得去洗个澡,我大概从春天以来就没有洗过澡了。先生们,你们也愿意到浴场去吗?这里他们也可以暂时打点一下。"

漂亮的佩拉格娅是那么娇弱,但样子又是那么温和。她给他们拿来了床单和肥皂,阿廖欣就陪着客人到浴场去了。

"是的,我很久没有洗澡了。"他边说边脱衣服,"你们看,我的浴场很好,还是我父亲建造起来的。可是不知为什么我总是没有工夫来洗澡。"

他在台阶上坐下来,用肥皂洗他的长头发和脖子。他周围的水顿时变成了深棕色。

"是的，我认为也是……"伊万·伊万内奇意味深长地瞧着他的脑袋说。

"我很久没有洗澡了。"阿廖欣不好意思地又说了一遍，再用肥皂洗起来，他周围的水又变成了深蓝色，像墨水一样。

伊万·伊万内奇走过去，扑通一声跳进水里。他冒雨游了起来，张开胳膊划水。他游水腾起了波浪。白色的百合则在水浪上摇来摆去。他一直游到水域的中央，做了一次潜游，过了一分钟在另一个地方钻了出来。他接着再往远处游去，并且老是潜水，极力想抵达河底。"哎呀，我的上帝啊！……"他重复地说，游得很痛快，"哎呀，我的上帝！"他游到磨坊那边去，同农民谈了话，再游回来，平躺在水面的中央，仰面迎着雨点。布尔金和阿廖欣都已穿好了衣服，准备走了，他却仍在游泳、潜水。

"哎呀，我的上帝！……"他说，"哎呀，求上帝怜恤！……"

"你也游够了！"布尔金对他说。

他们回到了屋里。楼上大客厅的灯光亮了起来，布尔金和伊万·伊万内奇穿着丝绸长袍和暖和的拖鞋在圈椅上坐下来。而洗了脸、梳好头的阿廖欣本人则穿着新上衣在客厅里走来走去，看来，他正在愉快地享受着温暖、干净以及穿干燥衣服和轻便拖鞋的感觉。漂亮的佩拉格娅温柔地在地毯上走着，不发出一点声音，用托盘端来了带果酱的茶。只是在这时,伊万·伊万内奇才开口讲他的故事,而且仿佛不仅是布尔金和阿廖欣在听,那些藏在金边镜框里安详而又严厉地瞧着他们的老老少少的太太和军官似乎也在听。

"我们是兄弟俩,"他开始说,"一个是我伊万·伊万内奇,另一个是我的弟弟尼古拉·伊万内奇,他比我小两岁。我进专业学校,当了兽医,而尼古拉从十九岁起就在税务局里工作。我父亲奇姆沙·吉马莱斯基曾经是一个少年兵,后来提升为军官,给我们留下了世族的贵族身份和小小的田产。他死了之后,这份小小的田产便抵了债。但是,不管怎么样,我们的童年在农村中还是过得自由自在的。我们完全跟农民的孩子们一样,白天晚上都是在田野上、森林里度过的,看守马匹、剥树皮、捕鱼,等等。你们知道,一个人一生中哪怕捕过一次鲈鱼,或者在秋天看过一次鸫鸟南飞,看到它们在晴朗而凉爽的日子里怎样成群地在村里上空飞过,那他就已经不是城里人了,他就一直到死都会向往自由的生活。我弟弟在税务局里就老念着乡下。一年一年过去了,他还是坐在同一个位子上,老在抄写那些文件,并且老是想着一件事:怎样才能回到乡下去。他的这种思念渐渐地成为一个明确的愿望,梦想着在靠河或近湖的地方为自己买下一个小小的庄园。

"他是一个善良、温和的人,我喜欢他,但他那种想把自己关在一个小庄园里过一辈子的愿望,我却从来没有同情过。俗话说,一个人只需要三俄尺土地。但是须知,三俄尺土地是埋尸体的地方,而不是活人所需要的。现在也还有人说,若是我们的知识分子贪恋土地,希望有个庄园,这是好事。但是,要知道,这种庄园也就是三俄尺土地。离开城市,离开斗争,离开生活的喧嚣,逃出来,躲进自己的庄园里——这不是生活。这是利己主义,偷懒,这是一种僧侣主义,而且是毫无建树的僧侣主义。一个人需要的不是三俄尺土地,也不是一个庄园,而是整个地球,整个大自然。在那广阔的天地中,人能够发挥他自由精神的所有品质和特点。

"我的弟弟尼古拉坐在自己的办公室里,梦想着将来怎样喝自己家里的菜汤,这菜汤又怎样在全院子里发出清香的气味,怎样在绿色草地上吃饭,怎样在太阳底下睡觉,怎样在大门口凳子上一坐就是几个钟头,眺望田野和森林。农业书籍和日历上的所有农艺方面的建议都成了他的欢乐,成了他心爱的精神食粮。他喜欢看报,但只看报纸上有关农业的广告,例如,说某地方有若干田产,连同草场、庄园、小溪、花园、磨坊和活水池塘等一并出售,他的脑子里就描绘出了花园小径、花卉、水果、椋鸟巢、池塘里的鲫鱼等,你们知道吗,全都是诸如此类的东西。这些想象的图景是根据他所看到的广告的不同而异的。不过,不知何故,所描绘的每一张图景里都必定有醋栗。他不能想象,哪一个庄园,哪一个富有诗意的安乐窝里会没有醋栗。

"'乡村生活有其舒服的地方,'他常说,'在阳台上坐一坐,喝杯茶,池塘里有自己的小鸭子在泅水,四处清香,

而且……醋栗成熟了。'

"他经常绘制庄园的草图。而每一张草图都照样有那几件东西：一、主人的正房；二、仆人的下房；三、菜园；四、醋栗树。他生活很节俭，省吃少喝，天知道他穿的是什么衣服，简直像个乞丐。他不断地攒钱，存在银行里，贪婪得可怕。我看见他就心痛，常给他一点钱，逢节日也给他寄点钱，可是他连这点钱也要攒起来。一个人如果打定了主意，你对他就毫无办法了。

"几年过去了。他被调到别的省去工作。他也已经年过四十了，可他仍旧看报纸上的广告、攒钱。后来听说他结婚了，他结婚的目的也仍然是要买一个有醋栗树的庄园。于是他就同一个又老又丑的寡妇结了婚，其实他对她没有一点感情，只因为她有几个臭钱罢了。他跟她结婚后，生活上仍然非常吝啬，老是弄得她吃不饱。他把她的钱存在银行里，写上自己的名字。以前她嫁给邮政局局长时，跟前夫吃惯了馅饼，喝惯了果子露酒。可是跟第二个丈夫一起过日子，却连黑面包也吃不饱。过这样的生活，她变得憔悴了，于是不出三年就一命呜呼了。当然我的弟弟从来也没想过他对她的死负有责任。金钱像白酒一样，可以把人变成怪物。我们城里从前有过一个病危的商人，临死前他叫人给他端来一碟子蜂蜜，他把他所有的钱和彩票就着蜂蜜全吞进肚子里去，让谁也得不着。有一回我在火车站检查牲口时，正好有一个马贩子摔在火车头底下，轧断了一条腿。我们把他抬到候车室里，他流血很多，非常危险，但他却老要求大家把那条断腿找回来,老是心神不安,原来在他那条断腿的靴子里放有二十卢布,他生怕那钱丢了。"

"您这已经离题了。"布尔金说。

"妻子死后,"伊万·伊万内奇沉思了半分钟后接着说,"我弟弟就开始为自己物色田产了。当然,尽管他已经物色了五年,但到头来仍然出差错。买下来的却全然不是自己所梦想的东西。我弟弟尼古拉通过中间人买了一个抵押过的庄园,有一百二十亩土地,有主人的正房,有仆人用的下房,有花园,可是却唯独没有果园,没有醋栗树,没有池塘和小鸭子。虽然有河,可是河水的颜色像咖啡一样,因为田产的这一边是个制砖厂,而另一边是烧兽骨的工场。不过我的尼古拉·伊万内奇倒也不大难过,他去订购了二十棵醋栗树,栽下去,并照地主的排场过起日子来了。

"我去年去探望过他,我想去看看他那里的情况怎么样。在信里我弟弟称他的庄园是'楚姆巴罗克洛夫荒地',又称'吉马莱斯科耶'。我是在下午到达那个又称吉马莱斯科耶的。天气很热,到处是沟渠、围墙、篱笆和栽成一行行的杉树,让人不知道怎样进入院子,把马拴在什么地方。走到房子跟前,来迎接我的竟是一条红毛狗,它肥得像头猪,想吠一声,却又懒得吠。厨娘从厨房里走出来,她光着脚,很胖,也像一头猪。她说,我兄弟午饭后正在休息。我走进弟弟屋里,他在床上坐着,膝上盖着被子。他变老了，显胖了，皮肉松弛，他的脸颊、鼻子和嘴唇，全都向前伸展着，看上去，就像猪一样哼哼着躺在被子里。

"我们互相拥抱，抽泣了几声，既是由于高兴，也是由于一种悲凉的心绪：想到我们当年都还年轻，而现在两人都已白发苍苍，快要入土了。他穿上衣服便带我去看他的庄园。

"'喂，你在这里过得好吗？'我问道。

"'还好，多谢上帝，我过得很好。'

"他已不是往昔那个怯懦的、可怜巴巴的文官，而是地道的地主老爷了。他已经在这里住熟、习惯，而且津津乐道了。他吃得很多，到浴池去洗澡，长胖了。他已同村社及工厂打过官司。农民若不称呼他'老爷'，他就要见怪。他还按照老爷气派郑重其事地关心起自己的灵魂来了。即便他做点好事也不是那么简简单单的，而是摆足了架子。然而那又是什么样的好事啊！他拿苏打和蓖麻籽给农民去包治百病。到他命名日那天，便在村子中央做一回谢恩祈祷，然后抬出半桶白酒给农民喝。他自认为就该这么办。咳，那可怕的半桶白酒！今天这位胖地主拉着农民到地方行政长官那里去控告他们放出牲口践踏了他的庄稼，而明天遇上隆重的节日，却给农民摆上半桶酒，他们边喝边喊'乌拉！'，喝醉了的就给他叩头。生活只要变好一点，吃得饱、喝得足，闲着不做事，就会在俄罗斯人身上生出一种最厚颜无耻的自负心理。尼古拉·伊万内奇当初在税务局时甚至害怕有自己的意见，而现在，说起话来句句是真理，而且总是用大臣的口气说：'教育是必要的，不过呢，对于老百姓来说，未免言之过早。''体罚总的来说是有害的，但是在某种场合下，它却是有益的，不可代替的'。

"'我了解老百姓，我会对付他们，'他说，'老百姓喜欢我。我只要动一动手指头，老百姓就会把我想办的事统统办好。'

"请你们注意，他的所有这些话都是带着聪明而慈善的微笑说出来的。他把'我们这些贵族''我作为贵族'反复地说了二十多遍，显然，他已经不记得我们的祖父是农民、父亲是兵了。就连我们的姓奇姆沙·吉马莱斯基，实际上是个不合情理的姓，他现在也觉得响亮、高贵、十分惬意了。

"不过，问题不在于他，而在于我自己。我想跟你们讲一讲我在庄园里逗留的短短几个小时，我自己起了什么变化。傍晚，我们喝茶的时候，厨娘端来满满一盘醋栗放在桌上。这不是买的，而是自家栽种的醋栗。自从栽下那些果树之后，这还是头一回收果子。尼古拉·伊万内奇笑起来，默默地对那些醋栗看了一分钟，热泪盈眶，激动得说不出话来。然后他拿起一个醋栗放进嘴里，看看我，像小孩子终于得到他心爱的玩具那样，得意扬扬地说：'多么好吃啊！'

"他贪婪地吃起来，不断地重复说：'啊，多么好吃啊！你尝一尝吧！'

"醋栗又硬又酸。但是，诚如普希金所说：'我们喜爱高尚的谎话，胜过喜爱许许多多的真理。'我看见了一个幸福的人，他那朝思暮想的梦想显然已经实现，他已经达到了生活的目标，他获得了他所想要的东西，他对自己的命运满意了，对自己也满意了。不知为什么，以前我想到人的幸福时，总不免夹杂着一种哀伤的感觉，而现在我亲眼看见了幸福的人，则有一种近似绝望的沉重的感觉控制着我。夜间这感觉尤为沉重。他们在我弟弟卧室的隔壁给我支了一张床，我听见弟弟没有睡，他老是爬下床来，走到盛着醋栗的盘子跟前，去拿醋栗吃。我在想，实际上有多少满足而幸福的人啊！这是一种多么令人沮丧的势力啊！你们就看看这种生活吧：强者骄横而不干事，弱者则无知而且像牲口一样生活，四处都已穷得不能再穷了，拥挤、退化、酗酒、伪善、撒谎……然而在所有的房子里也好，街上也好，到处是平平静静，心平气和，城里的五万居民中，竟没有一个人叫喊一声，大声地发泄一下愤懑。我们看到人们到市场上买食品，白天吃饭，晚上睡觉，说废话、结婚、衰老、镇静自若地送死人进坟墓。但是，对那些受苦的人，对生活中幕后正在发生的种种可怕的事情，我们却看不见，听不到。一切都安静、太平，提出抗议的只有那些无声的统计表：有多少人发了疯，有多少桶白酒被喝光了，有多少儿童死于营养不良……这样的制度显然是不需要的。幸福的人之所以会自我感觉良好，显然只是因为那些不幸的人沉默地背着他们的重负。如果没有这种沉默，他们的幸福就是不可能的。这是普遍的麻木不仁，需要在每一个幸福而满足的人的房门背后站上一个拿锤子的人，用锤子经常敲敲门，提醒他：世上还有不幸的人，不论他怎么幸福，生活迟早还会向他露出爪子，灾难迟早还会降临：疾病、贫穷、损失。到那时谁也不会看见他，听见他，就像他现在看不见、听不见别人一样。可是，他们身后并没有拿锤子的人，幸福的人照样自由自在地生活着。日常的一些小事使他们稍稍有些激动，就像微风吹拂着白杨一样——一切平安无事。"

"这个晚上我才明白，我也是幸福又满足的，"伊万·伊万内奇站起来，继续说，"我也在吃饭和打猎的时候教育过别人，说应该怎样生活，怎样信仰宗教，怎样控制老百姓。我也说过，学问是光明，教育是必要的，可是对普通人来说，目前只要能认字、写字，也就够了。我说过，自由是好东西，不能没有它，就像不能没有空气一样，不过需要等待。是的，我常说这样的话，而现在我却要问：'为什么要等待？'"伊万·伊万内奇问道，生气地看着布尔金，"我问你们，为什么要等待？出于什么考虑？人们对我说，什么事都不是一下子能办到的，生活中各种思想都要逐渐地实现，水到渠成才行。可是这话是谁说的呢？有什么证据能证明这话是对的呢？你们引证事物的自然规律，引证各种现象的法则，可是，我，一个活生生的有思想的人，站在一条沟壕面前，本来也许可以从上面跳过去，或者在上面架桥过去，却偏要等它自己合拢或让淤泥填满才过去，在这里是否也有规律和法则呢？再说一遍，为什么要等待？要等到人没有力量生活时才算完吗？然而，人却需要生活，渴望生活啊！

"那天我打大清早就离开了弟弟的家。从此以后我在城里住就感到无法忍受，城里的安静和太平使我感到压抑。我害怕看人家的窗户，因为现在再没有比幸福的一家人围坐在桌子周围喝茶的场面使我更难受的了。我已经老了，不会以斗争自豪了，我甚至也不憎恨人了。我只能在心里感到悲伤、生气、烦恼。每天晚上，各种思想纷至沓来，弄得我脑袋发热，夜不成寐……唉！要是我还年轻就好了！"

伊万·伊万内奇激动地从房间的这个角落走到另一个角落，并重复说："要是我还年轻就好了！"

他突然走到阿廖欣跟前，先是握住他一只手，后来又握住他另一只手。

"帕维尔·康斯坦丁内奇！"他用一种恳求的语气说，"不要感到满足，不要让自己昏睡！趁您现在年轻力壮、精神饱满，要不倦地做好事！幸福是没有的，也不应该有。如果生活有意义有目标的话，那么这意义和目标绝不是我们的幸福，而是比这更伟大更有理智的东西。做好事吧！"

所有这些话，伊万·伊万内奇都是带着可怜的恳求的微笑说的，好像是为自己在求别人做什么事似的。

然后三个人在客厅不同角落里放着的三张圈椅里坐下来，没有说话。伊万·伊万内奇的故事既没有使布尔金感到满足,也没有使阿廖欣感到满足。那些藏在金边镜框里看着他们的将军和太太在昏暗的光线中显得像是活人,他们听着关于可怜的吃醋栗的文官的故事,感到乏味。不知什么缘故,他们很希望说一说或听一听优雅的人和妇女的故事。他们现在所在的客厅里的一切东西——蒙着套子的枝形烛架、圈椅、脚底下的地毯都说明,镜框里低下眼睛看着他们的那些人从前也在这里走动过、坐过、喝过茶,而现在漂亮的佩拉格娅也正在这里无声地走来走去。这一切要比任何故事都美好得多。

阿廖欣困得要命。他打大清早两点多钟就起来料理庄园事务,现在他的眼皮都要黏在一起了,可是他又怕在他走了以后客人们还要讲什么有趣的故事,因此他没有走。伊万·伊万内奇刚才讲的那些话聪明不聪明、有道理没有道理,他没有去推究。他的客人们没有谈及麦粒,没有谈及干草,没有谈及煤焦油,所谈的都是与他的生活没有直接关系的事情,因此他感到高兴,并希望他们继续谈下去……

"可是,现在该睡觉了,"布尔金说,并站起来,"请允许我跟你们道晚安。"

阿廖欣道别后,回到楼下自己的房间里,客人们仍旧留在楼上。他们俩被领到一个很大的房间里,里面放着两张旧的雕花木床,墙角上有一个刻着耶稣受难像的象牙十字架。那两张宽大、凉快的床上,由佩拉格娅铺上了被褥。新换的床单散发出一种好闻的气味。

伊万·伊万内奇默默地脱下衣服，躺下。

"主啊，宽恕我们这些罪人吧！"他说完，便拉被子把头蒙上。

他那放在桌子上的烟斗，冒出一股浓烈的烟草的焦味。布尔金则久久不能入睡，他感到纳闷，哪里来的这股浓重的烟味呢。

雨点整夜抽打着窗户。

（1898年）

姚内奇

一

每当来到C省城的人抱怨这里的生活乏味而又单调的时候，本地的居民则好像要为自己辩护似的，就说恰恰相反，C城非常好，C城有图书馆，有戏院，有俱乐部，常常举行舞会，最后还说这儿有聪明、有趣、愉快的人家，可以和他们交往。他们还指明屠尔金一家，说这是最有教养、最有才华的一家人。

这一家人住在本城主街自己的房子里，近旁就是省长的官邸。屠尔金本人，伊万·彼得罗维奇·屠尔金是一个胖胖的、黑头发的美男子，留着连鬓胡子。他为了慈善事业经常举办业余演出，自己扮演老将军，咳嗽的样子很可笑。他知道许多笑话、字谜、俗语，喜欢开玩笑和说俏皮话。他常常做出一种表情，使你不知道他是在开玩笑，还是在说正经话。他的妻子薇拉·约瑟福夫娜是一个身材瘦削、模样可爱的太太，戴着夹鼻眼镜，常写中篇小说和长篇小说，并且喜欢拿这些小说给自己的客人朗读。女儿叶卡捷琳娜·伊万诺夫娜是个年轻的姑娘，会弹钢琴。一句话,每一个家庭成员都有自己的才华。屠尔金一家热情好客,他们在客人面前兴高采烈、真诚简朴地表现自己的才能。他们那所高大的瓦房很宽敞,夏天凉快,有一半窗户朝着那绿荫如盖的老花园,春天花园里有夜莺在歌唱。每逢家里来了客人,厨房里就刀声当当响,院子里飘着葱香味,这是预告一顿丰盛的美味的晚餐就要开始了。

德米特里·姚内奇·斯塔尔采夫大夫被派任地方自治局医生,就在离C城九俄里远的嘉里日住下。他刚来的时候就听人说,像他这样有知识的人,必须与屠尔金的家人认识。冬天,有一次在街上他被介绍认识了伊万·彼得罗维奇,他们谈了天气、剧院和霍乱,后者便邀请他去做客。春天的一个节日——这是耶稣升天日,斯塔尔采夫看完病人以后,便进城消遣消遣,并顺便买点东西。他步行(他还没有自己的马车),不急不忙地走着,一路上哼着歌:"当我尚未喝下生命之杯里的眼泪……"

他在城里吃了午饭并在花园里散了步,后来他自然而然地想起了伊万·彼得罗维奇对他的邀请,于是他就决定到屠尔金家去,看看他们是些什么样的人。

"您好,"伊万·彼得罗维奇说,在台阶上迎接他,"见到这么一位愉快的客人我非常非常高兴。请进,我来把您介绍给我的贤妻。"他一边把医生介绍给妻子,一边继续说,"我对他说,他没有任何权利老在医院里待着,他应该把空闲时间用在社交上。对不对呢,亲爱的?"

"请您这儿坐,"薇拉·约瑟福夫娜说,让客人坐在她的身旁,"您尽可以向我献殷勤,我丈夫爱吃醋,他是奥赛罗,不过我们尽量做到让他看不出来。"

"哎呀,你这小母鸡,被宠坏了……"伊万·彼得罗维奇温和地嘟哝道,吻了吻她的额头,"您的光临正是时候。"他又转身对客人说,"我的贤妻写了一部很可观的长篇小说,今天正要高声朗读呢。"

"来,让奇克,"薇拉·约瑟福夫娜对丈夫说,"叫人把我的茶拿来。"

斯塔尔采夫被介绍跟十八岁的姑娘叶卡捷琳娜·伊万诺夫娜认识。她长得很像母亲,也是那样身材瘦削,模样可爱,她还有一种孩子的表情,腰身苗条、娇嫩、健康而又美丽,昭示着春天,真正的春天。然后大家喝茶,外加果酱、蜂蜜、糖果以及很好吃的饼干,这种饼干一进口就融化。黄昏到来时,客人慢慢聚集起来,伊万·彼得罗维奇带着含笑的眼睛对每位客人说:"您好哇!"

后来大家都带着严肃的面容在客厅里坐下来,薇拉·约瑟福夫娜朗读她的长篇小说。她是这样开头的:"寒气加剧……"窗户完全开着,从厨房里传来菜刀的当当声,闻得到煎洋葱的气味……大家舒舒服服地坐在柔软的深深的圈椅里,客厅里的灯光在暮色中温柔地闪烁着。现在是夏日的黄昏,从街上传来阵阵谈话声和笑声,从院子里飘来紫丁香的香气。这样就很难领会小说中说的寒气加剧、夕阳的冷光照着雪原和单身的行路人的情景。薇拉·约瑟福夫娜朗读到一个年轻美丽的伯爵小姐怎样在自己村子里兴办学校、医院和图书馆,又怎样爱上了一个浪游的画家。

她朗读的是生活中永远不会有的故事,不过听起来还是很愉快、很舒服的,让人心里仍然会生发出美好的、平静的思想,坐着真不想站起来。

"真不赖……"伊万·彼得罗维奇悄悄地说。

有一个客人听着听着,思想跑到老远的地方去了,他用非常小的声音说:"是啊……真的……"

一小时又一小时过去了,在城市公园附近有乐队在演奏,有合唱队在唱歌。薇拉·约瑟福夫娜合上了自己的本子后,有五分钟大家默默地听合唱队唱的《卢奇奴什卡》。这首歌表现了长篇小说里没有而在生活中却存在的东西。

"您要把自己的作品送到杂志上去发表吗?"斯塔尔采夫问薇拉·约瑟福夫娜。

"不,"她回答说,"我哪里也不送去发表,我写完就放在柜子里藏起来。干吗要发表呢?"她解释说,"要知道,我们不愁吃,不愁穿。"

不知为什么大家都叹了一口气。

"科季克,现在你来弹个曲子吧。"伊万·彼得罗维奇对女儿说。

有人把钢琴盖打开,把准备好放在那里的乐谱翻开来。叶卡捷琳娜·伊万诺夫娜坐上去,两只手按键盘,然后立即用尽全力按下去,按了又按,她的肩膀和胸部都在颤动，她使劲地按同一个地方，好像不把那些琴键按进钢琴里去就决不罢休似的。客厅里充满巨大的音响，地板、天花板、家具……好像所有的东西都发出轰隆声。叶卡捷琳娜·伊万诺夫娜在弹一段难奏的乐曲，它的意义就在于它的难度，它又长又单调。斯塔尔采夫听着，脑子里浮现出一幅画面：许多石头从高山上落下来，不断地落下来，他却希望那些石头快点停住。此时叶卡捷琳娜·伊万诺夫娜由于紧张的弹奏，满脸绯红，全身有劲，充满活力，一丝卷发掉下来，落在额头上，很招他喜欢。他在嘉里日的病人和农民中间度过了一个冬天，如今坐在客厅里，看着这个年轻、文雅而又多半也是纯洁的女人，听着这喧闹、令人腻烦却又文明的音响，是多么愉快，多么新鲜啊……

"哎呀，科季克，你今天演奏得比任何时候都好，"当女儿弹完站起来时，伊万·彼得罗维奇眼里含着泪水说，"死吧，丹尼斯，你再也写不出更好的东西来了。"

大家都围着她，向她祝贺，表示惊讶，表示自己真的许久没有听到这样好的音乐了。而她则默默地听着，微笑着，全身都表现出一种十分得意的神情。

"真妙！好极了！"

"真妙！"斯塔尔采夫也受到大家的感染，说道，"您是在哪里学的音乐？"他问叶卡捷琳娜·伊万诺夫娜，"是在音乐学院学的吗？"

"不，我正准备进音乐学院，目前我在这儿跟扎芙洛夫斯卡娅太太学琴。"

"您在本地中学毕业了吗?"

"噢,没有!"薇拉·约瑟福夫娜替她答道,"我们请了家庭教师,在中学或贵族女子中学读书可能会受到不良的影响。这您同意吧,姑娘正是生长发育时期,只应受母亲一人的影响。"

"不过,我还是要进音乐学院。"叶卡捷琳娜·伊万诺夫娜说。

"不,科季克爱她的妈妈,科季克不会伤她爸爸妈妈的心的。"

"不,我要去!我要去!"叶卡捷琳娜又逗趣又撒娇,还跺了跺小脚。

吃晚饭的时候,是该伊万·彼得罗维奇来展示自己的才能了。他眼笑脸不笑地说着笑话和俏皮话,提出种种可笑的问题,自问自答,始终用一种自己特有的奇特的语言说话。这种语言是长期练习说俏皮话提炼出来的,显然他已经十分纯熟了,如"太好啦""真不赖啦""十二万分感谢您啦"……

还不止这些。当客人酒足饭饱,心满意足,挤在前厅,取各自的大衣和手杖时,就会出现一个听差帕夫鲁沙,或者用这里的人对他的称呼,就是帕瓦,一个十四岁的男孩,胖胖的脸蛋,头发剪得很短。

"喂,帕瓦,你来表演一个!"伊万·彼得罗维奇对他说。

帕瓦拉开架势,举起一只手,用一种悲怆的语调说:

"不幸的女人,死吧!"

大家哈哈大笑起来。

"真好玩。"斯塔尔采夫想着,走到街上。

他还到一个酒店买了啤酒,然后步行回到嘉里日。他一路上哼着歌曲:"在我听来,你的声音那么亲切,令人陶然心醉……"

他走了九俄里的路,然后躺下睡觉。他却一点也不觉得累,相反,他觉得还可以高兴地再走二十俄里路。

"真不赖……"他回想着,然后笑着进入了梦乡。

二

斯塔尔采夫老想到屠尔金家去玩,可是医院里工作很多,他怎么也抽不出空闲时间来。就这样,有一年多的时间在工作和孤寂中过去了。可是现在,瞧,从城里捎来一封装在浅蓝色信封里的信……

薇拉·约瑟福夫娜以前患有偏头痛。可是最近科季克天天闹着要进音乐学院,她的病就发作得更频繁了。全城的医生都到屠尔金家去过了,最后便轮到了地方自治局医生。薇拉·约瑟福夫娜给他写了一封很感人的信,请他到她家去减轻她的痛苦。斯塔尔采夫去了,并且从此以后便常常到屠尔金家去,十分频繁……他事实上也是给薇拉·约瑟福夫娜帮了点忙。她已经对所有的客人说,他是一位不寻常的、非常出色的医生。不过他现在到屠尔金家去，已经不再是为了治她的偏头痛了……

过节那一天，叶卡捷琳娜·伊万诺夫娜在钢琴上弹完了她冗长而又令人难受的练习曲，然后久久地坐在饭厅里喝茶；伊万·彼得罗维奇也讲了一个可笑的故事。这时门铃响了，他需要到前厅去迎接客人。斯塔尔采夫趁这杂乱的时刻，十分激动地小声对叶卡捷琳娜·伊万诺夫娜说："看在上帝面上，我求您别折磨我了，我们到花园里去吧！"

她耸耸肩膀，似乎困惑莫解，不知道他要她干什么似的。不过她还是站起来了。

"您弹钢琴一弹就是三四个钟头，"他走在她的后面对她说，"然后您又陪您妈妈坐着，我根本没有时间跟您说话，哪怕您给我一刻钟的时间也好，我求求您。"

秋天就要来临，古老的花园里寂静、悲凉，人行道上落满了黑色的树叶。天很早就黑下来了。

"我整整一个星期没见到您了，"斯塔尔采夫继续说，"但愿您知道，这有多么痛苦！请坐，请您听我说。"

花园里有一个他们喜欢坐的地方：一棵枝叶茂盛的老枫树下的一张长凳子。现在他们就在这张长凳上坐下来。

"您有什么事吗？"叶卡捷琳娜·伊万诺夫娜用一种办事的口吻问道。

"我整整一个星期没见到您了，我这么久没听到您的声音。我强烈地想听到，渴望听到您的声音。您就说说吧。"

她那焕发的青春，她的眼睛和脸蛋上天真的表情使他如痴如醉了。甚至她穿连衣裙的装束，他都看见有一种不寻常的、由于其纯朴和天真的妩媚而产生的亲切和动人的东西。同时，虽然天真，他却觉得她很聪明，其成熟程度超过了她的年龄。他可以跟她谈文学、谈艺术，谈什么都行，也可以在她面前对生活对人们发发牢骚。尽管有时候在严肃交谈时她会突然无缘无故地笑起来，或者跑回屋里去。她也跟C城差不多所有的女孩子一样，读过许多书（一般地说，C城的人是很少读书的。本城图书馆的人说，如果不是这些姑娘和一些年轻的犹太人，图书馆就可以关门了）。这一点斯塔尔采夫感到极其满意，每次他都非常激动地问她最近读了什么书，并且像着了魔似的听着她讲。

"自从我们分别以来，这个星期您都读了什么书呢？"这时他问道，"求求您，您就说说吧。"

"我读了皮谢姆斯基的作品。"

"哪些作品呢？"

"《一千个农奴》。"科季克回答说，"皮谢姆斯基的名字多可笑啊，叫什么阿列克赛·菲奥费拉克迪奇！"

"您这是要到哪里去啊？"当她突然站起来要回房里去时，斯塔尔采夫大吃了一惊，"我必须跟您好好谈一谈，我应该解释一下……哪怕再陪我五分钟！我恳求您了！"

她停下来，好像要对他说什么，然后不好意思地塞给他一张字条，跑回家去了，仍然坐在钢琴跟前。

"今晚十一点钟，"斯塔尔采夫读道，"请您到捷梅季墓碑附近的墓地上等候。"

"嗯，这可一点也不聪明，"他想道，清醒过来了，"为什么是墓地？什么意思呢？"

很明显，科季克在开玩笑。真的，谁会正经八百地想出三更半夜约人到城外老远的墓地去相会呢？在城市公园里和大街上安排个地方不是很容易吗？而他作为一位地方自治局医生，一个有头脑的持重的人，唉声叹气地收下条子，到墓地去溜达，去干那种连中学生都会感到可笑的傻事，这岂不有失体面吗？这种恋爱会有什么结果呢？若同事知道了的话，将会说什么呢？斯塔尔采夫就这样一边想着，一边在俱乐部里那些桌子旁边来回踱步。可是到了十点半钟，他却忽然起身到墓地去了。

他已经购了一辆双马车，车夫潘捷列蒙穿一件丝坎肩。月色很好，天气暖和，无风，不过这是一种秋天的暖和。在城郊屠宰场旁边，狗在吠。斯塔尔采夫已把马车停在城边的一条胡同里，自己徒步到墓地去。"人人都有怪脾气，"他在想，"科季克也是个怪人，谁知道呢？也许她不是开玩笑，真的会来呢。"他沉浸在这种空幻的希望里，已心醉神迷了。

他在野地里走了半俄里路，墓地出现了。远方是一条漆黑的带子，既像是森林，又像是大花园，露出了白石砌的围墙、大门……月光下，可以读出大门上的字："大限临头……"斯塔尔采夫进了一个小门。他首先看见的是宽阔的林荫道两旁的白色十字架和墓碑，以及白杨树的黑影；

远处的四周也可以看见一些黑色和白色的东西。沉睡的树木将枝叶垂落在白色的石头上。这里仿佛比野地里亮一些，枫树叶像野兽的爪子影印在林荫道的黄色沙子上和石板上，形状十分清楚，墓碑上的题词也清清楚楚。刚进来时他感到有些惊讶，因为有生以来第一次看到这样的情景，以后大概也不会再看到了。这完全是不同的另一个世界。在这里，月光是如此美好、柔和，自己就像是睡在摇篮里似的。这里没有生命，任何生命都没有。不过在每一棵黑色的白杨树、每一个坟墓里，都使人感到有一个宁静、美好和永恒生命的秘密。石板、残花，以及秋叶的香气，都在传送着宽恕、哀伤和安宁。

周围一片静寂，星星从天空探视着这深邃的温顺。斯塔尔采夫的脚步声很响，与周围的气氛很不协调。只有当教堂的钟声敲响了，而且他想象自己已经死去，永远埋在这里的时候，他才感到有人在瞧着他。于是他立刻想到这并不是安宁，也不是恬静，而是一种子虚乌有的无声的烦闷和沮丧的绝望罢了……

捷梅季墓碑看上去像一个小教堂，顶上有个小天使。从前有个意大利的歌舞团来过C城，团里一个女歌唱家死了就葬在这里，竖立了这个墓碑。城里已经没有人记得她了。但是门口的油灯在月光反照下，好像还在发光。

这里一个人也没有。是啊，半夜三更谁会到这里来呢？但是斯塔尔采夫在等着，仿佛月亮在为他的热情加温似的。他热情地等着，并且在想象着接吻和拥抱的情景。

他在墓碑旁边坐了半个小时,后来在林荫道的一侧走来走去,手里拿着帽子。他一边等着一边在想:这些坟墓里埋着多少个妇女和姑娘,她们过去都是美丽而且迷人的。她们都爱过,每到夜晚情欲勃发,便沉溺在爱抚里。其实,大自然母亲多么歹毒地戏弄人啊!领悟到这一点又是多么的委屈啊!斯塔尔采夫这样想着,同时很想大喊一声,说他要爱情,不顾一切地等待爱情。在他看来,前面发白的不是一块大理石,而是美丽的肉体。他看见一些形体害臊地躲在树荫里,他感觉到了肉体的温暖。这种折磨使人多么难受啊……

好像一块幕布落下来似的,月亮躲到云后面去了,忽然四周变得一团漆黑。斯塔尔采夫好容易才找到大门(这时天色漆黑,秋夜都是这么黑的)。后来他又走了一个半小时才找到自己停车的胡同。

"我累了,差不多站不住了。"他对潘捷列蒙说。

他全身轻松地坐到马车里,想道:"唉,身体可真不该发胖!"

三

第二天傍晚,他到屠尔金家去求婚。但很不凑巧,叶卡捷琳娜·伊万诺夫娜正在自己的房间里请了理发师替她梳头。她准备到俱乐部去参加舞会。

他只好又在饭厅里等很长时间,在那里喝茶。伊万·彼得罗维奇看见客人心事重重、烦闷无聊的样子，便从坎肩的口袋里掏出一张小字条，念了一封由一个管家的德国人写来的可笑的信，说什么"庄园里的一切矢口抵赖已坏了，腼腆垮台了""他们要给的嫁妆大概不会少吧"。斯塔尔采夫一边想，一边心不在焉地听着。

由于昨晚没睡好觉，他一直处于呆然若失的状态，好像有人给他灌了许多甜蜜蜜的催眠药似的，心里既昏昏沉沉，又高兴、热乎乎的，同时脑子里却有一块凉冰冰的沉重的东西在争辩着："作罢吧，还来得及。你跟她般配吗？她娇生惯养，很任性，睡到下午两点才起床，而你却是教堂执事的儿子，地方自治局医生……"

"嗯，那又怎么样呢？"他想，"就让她这样好了。"

"而且，你若是娶了她，"那块东西继续说，"她的父母会逼你辞掉地方自治局的差事，要你住在城里。"

"嗯，那又怎么样呢？"他想道，"住城里就住城里呗。给我们嫁妆，我们就可以成个家了……"

叶卡捷琳娜·伊万诺夫娜终于进来了，她穿着露颈肩的舞会衣服，又好看，又洁净。斯塔尔采夫满心爱慕，高兴得连一句话也说不出来，光是看着她傻笑。

她来告辞了。而他也没有必要再坐在这里了，于是也站起来说，他该回家了，还有病人在等着他。

"那就不留您了，"伊万·彼得罗维奇说，"请您顺路把科季克送到俱乐部吧。"

外面下起了雨，天很黑，只有凭潘捷列蒙的嘶哑的咳嗽声才能猜出马车在哪里。马车已支起了车篷。

"我是沿着地毯走，你是说谎话时走……"伊万·彼得罗维奇一边说，一边把女儿扶上了马车，"他是说谎话时走……走吧！再见！"

他们走了。

"昨天我到墓地去了，"斯塔尔采夫说，"您是多么狠心，多么不善啊……"

"您去了墓地？"

"是的，我去了，等您等到差不多两点钟才离开。我等得好苦啊……"

"您既然不懂得开玩笑，那您就该吃苦头。"

叶卡捷琳娜·伊万诺夫娜感到非常得意。她竟如此巧妙地捉弄了一个爱上她的男人，而且这个男人爱她爱得那么强烈，她哈哈大笑起来。突然她惊吓地大叫一声，因为马车在进俱乐部大门急剧拐弯的时候，车身歪了一下。斯塔尔采夫抱住了叶卡捷琳娜的腰，她吓坏了，便依偎在他身上，而他却忍不住狂热地吻她的嘴唇和下巴，拥抱得更紧了。

"够了。"她严厉地说。

转瞬间，她已不在马车上了。在灯火辉煌的俱乐部大门附近，一个警察用极难听的声调向潘捷列蒙吆喝道："停下来干什么，你这呆鸟，快往前走！"

斯塔尔采夫坐车回家去了，可是不久又回来了。他穿一件别人的燕尾服，打着白色硬领结，不知为什么这个领结老是翘起来,从领口上滑开。午夜了,他坐在俱乐部的休息室里痴迷地对叶卡捷琳娜·伊万诺夫娜说:"啊,那些从来没有爱过的人,是很少懂得爱的!我觉得,还没有任何人忠实地描写过爱情。这种温柔、欢愉、折磨人的感情未必能够写出来,而凡是感受过这种感情的人,哪怕只是一次,他就决不会把它用语言表达出来。不过,何必要讲许多开场白呢?何必去描述呢?何必要这些动听的废话呢?我的爱是无限的……我求您,我恳求您,"斯塔尔采夫终于说出口了,"做我的妻子吧!"

"德米特里·姚内奇,"叶卡捷琳娜·伊万诺夫娜带着很严肃的表情想了想,说道,"德米特里·姚内奇,我非常感激您对我的看重,我尊敬您,不过……"她站起来,并继续站着说,"不过,对不起,我不能做您的妻子。德米特里·姚内奇,我们来严肃地谈一谈。您知道,在生活中我爱艺术甚于一切,我酷爱音乐,我爱音乐爱得发疯,我已把我整个一生献给它了。我要做一个女演员,我要荣誉、成功、自由。而您却要我继续住在这个城里,继续过这种空虚、无益的生活,我已经无法忍受这种生活了。做您的妻子,不,对不起,人应当朝崇高的光辉的目标努力,家庭生活会捆住我的手脚。德米特里·姚内奇(这时她微微笑了笑,因为她一念到他的名字就想到"阿列克赛·菲奥费拉克迪奇"),德米特里·姚内奇,您是善良、高尚的聪明人,您比任何人都好……"她眼泪盈眶,"我真心地同情您……不过……您得明白……"

为了不至于哭出来,她转身,走出了休息室。

斯塔尔采夫的心已不再不安地跳动了。他走出俱乐部,来到街上,首先把硬领结扯了下来,并深深地叹了一口气。他觉得有点难堪,自尊心受到伤害。他没料到会遭到拒绝。他也不相信他的全部梦想、苦苦追求和希望竟会弄到如此荒谬的结局,就像业余演出里的某出小把戏一样。他为自己的感情、自己的爱情难过,难过得好像马上就要痛哭一场,或者抓起伞来朝潘捷列蒙宽大的背脊狠狠地摔过去。

一连三天,他什么事也做不成,吃不下,睡不着。不过当他听到叶卡捷琳娜·伊万诺夫娜到莫斯科进了音乐学院的消息时,他倒安静了下来,又过起了从前那样的日子。

后来他还经常想起他到墓地徘徊的情景,或坐着马车在全城找燕尾服的情景。他懒洋洋地伸着懒腰说:"惹出了多少麻烦啊,真是!"

四

过去了四年。斯塔尔采夫在城里的医务工作十分繁忙,每天早晨他都匆忙地在嘉里日给病人看病,然后再到城里去给病人看病。现在他坐的已不是由两匹马而是由三匹马拉的带小铃铛的马车了,每天都要到很晚才能回家。他胖了、发福了,由于害气喘病,他不愿意步行。潘捷列蒙也发胖了,而且他的腰身越宽,就越发悲伤地叹气,抱怨自己命苦：赶马车！

斯塔尔采夫到各个不同的家庭去诊病，会见过许多人，但跟谁也不亲近。小市民的谈吐、他们对生活的看法，甚至他们的外表，都使他生气。经验慢慢地使他知道，当他同小市民一块儿玩牌或者吃饭时，这个人多少还算是平和、宽厚，甚至是不笨的人，可是只要谈的不是吃饭，比方谈些政治或科学方面的事情，此人准会变得茫然，或者就是愚笨地凶狠地大发议论，这时他只好摆摆手，一走了事。斯塔尔采夫曾试着与哪怕思想上比较自由的人聊一聊，比方谈到人类总算还在进步，将来人类会取消公民证和死刑时，此人竟斜着眼不相信地看着他，并且问道："就是说，到那时大家都可以在大街上随便杀人了？"若是斯塔尔采夫在交际场合吃晚饭或喝茶时，谈到一个人必须工作，生活中不能缺少劳动，那些人便会把这些话看作是一种训斥，生起气来，没完没了地争论。然而这些小市民却什么也不干，根本对什么都不感兴趣，因此简直就想不出能跟他们谈些什么。于是斯塔尔采夫避免谈话，只是吃饭或玩"文特牌"。遇上哪家喜庆请客邀他去吃饭时，他就坐着一声不响地吃饭，眼睛看着盘子，这时他们所说的一切他都觉得没有意思，不公平、愚蠢；他感到气愤、激动，但是不吭声。由于他经常严峻地一言不发，眼睛看着盘子，城里人就给他起了个外号叫"骄傲的波兰人"，尽管他从来就不是波兰人。

像戏剧和音乐会这一类的娱乐他不参加，但他每天晚上都要玩上三个钟头的文特牌，玩得十分入迷。他还有一个嗜好，这是他不知不觉慢慢地养成的：每天晚上都要从口袋里把看病赚来的钱拿出来仔细地数一数，这些黄色的和绿色的票子，有些带香水味，有些带酸醋味，有些带神香味，有些带鱼油味。有时衣袋里塞得满满的，差不多有七十个卢布。等凑满几百卢布时，他就拿到信用公司去存活期储蓄。

在叶卡捷琳娜·伊万诺夫娜走后的整整四年中，他只到屠尔金家去过两次。那是应薇拉·约瑟福夫娜的邀请去的，她还患有偏头痛的病。叶卡捷琳娜·伊万诺夫娜每年夏天回来探亲住几天，但他一次也没有见到她，不知怎么的，都错过了。

不过，四年过去以后，在一个安谧的温暖的早晨，医院里送来了一封信，那是薇拉·约瑟福夫娜给德米特里·姚内奇写的，说是她非常想念他，请他一定要去看她，帮她减轻病痛，而且今天正好是她的生日。信下面还附着一笔："我也和母亲一起发出邀请。叶卡。"

斯塔尔采夫想了想，晚上就到屠尔金家去了。

"啊，您好！"伊万·彼得罗维奇迎接他，只有眼睛在笑，"崩茹尔杰①。"

薇拉·约瑟福夫娜变得老多了，一头白发。她跟斯塔尔采夫握手，不自然地叹口气说：

"大夫，您不愿意向我献殷勤了。您老不到我的家来，

---

① 法语，Bonjour，"你好"的意思。

我已经老了,不配了。不过现在有一个年轻的来了,也许,她的福气会好一些。"

而科季克呢,她变瘦变白了,但也更漂亮更匀称了。不过现在她已经是叶卡捷琳娜·伊万诺夫娜而不是科季克了,已经没有过去的青春气息和稚气的天真表情了。在她的眼神和举止姿态里有了点新的东西——一种拘谨的、畏葸的神态,在这里,在屠尔金家里,好像不是在自己家里似的。

"很久没有见面了!"她说,向斯塔尔采夫伸出了手。看得出来,她心里有点不安。她带着好奇心仔细地看着他的脸,接着说,"您长得好胖!也晒黑了,更健壮了,不过,总的说来,您的变化不大。"

就是现在他也喜欢她,很喜欢,不过她身上已缺少了点什么东西,或者是多了点什么东西,他自己也说不清楚到底是怎么回事,可是有一种东西妨碍着他,使他没有了过去那种感觉。他不喜欢她那苍白的脸、新的表情、淡淡的微笑和声音。一会儿连她的连衣裙、她坐的圈椅他也不喜欢了。他回想过去几乎要娶她的时候所发生的一些事,他也不喜欢。他想起四年前曾使他激动过的爱情、幻想和希望,就感到不自在。

他们喝了茶,吃了馅饼,然后由薇拉·约瑟福夫娜大声朗读长篇小说,朗读那生活里从不会有的事。斯塔尔采夫听着,看着她那白发苍苍的美丽的脑袋,等待她念完。

"不会写小说还不算蠢,"他想道,"写了小说而不会藏起来,那才是蠢。"

"真不赖!"伊万·彼得罗维奇说。

然后是叶卡捷琳娜·伊万诺夫娜弹钢琴。她弹得很响很久,弹完后大家久久地向她道谢,赞扬她。

"啊,我幸亏没有娶她。"斯塔尔采夫想。

她看着他,显然是希望他请她到花园里去,但他没有吭声。

"我们谈一谈吧,"她走到他跟前说,"您生活得怎么样?您在做什么?还好吗?这些天我一直在想着您,"她神经质地继续说,"我本来想给您写信,也想亲自到嘉里日去看您,而且我已经准备去了,可后来又打消了念头——天知道您现在对我有什么看法。我今天多么兴奋地等待着您来啊。看在上帝面上,我们到花园里去吧!"

他们走进花园,在老枫树下面的长凳上坐下来,就像四年前那样。天漆黑。

"您过得怎么样呢?"叶卡捷琳娜·伊万诺夫娜问道。

"没有什么,老样子。"斯塔尔采夫回答说。

他再也想不出别的什么话了。他们沉默着。

"我很兴奋,"叶卡捷琳娜·伊万诺夫娜说,双手捂住了脸,"不过,您不要在意,我在家里这么好,看见大家是这么快活,我还没能习惯。有多少可回忆的东西啊!我觉得我们说不定会一口气谈到天亮呢。"

现在他很近地看到她的脸,她的发亮的眼睛。在这里,在黑暗里,她好像比在房间里更年轻了,甚至好像从前的那种稚嫩的表情也回到了她的身上，而且她也的确是以一种天真的好奇的神情望着他，好像要更近一点，仔细地看一看并了解一下这个曾经那样热烈、那样温柔，却又是那么不幸地爱过她的人。为了这种爱，她的眼睛在向他表示感谢。他也想起了过去发生的事情，及一切最微小的细节：他如何在墓地上徘徊，然后在凌晨又多么疲劳地回到家里。他突然感到很悲伤，为往事而自怜。他心里点燃了一团火。

"您还记得那个晚上我怎样送您去俱乐部吗？"他说，"当时下着雨，天黑了……"

心里的火越来越旺地燃烧起来。他要诉说，要抱怨生活了……

"唉！"他叹口气说，"您在问我过得怎么样，我们在这里过的是什么生活啊？简直没法说。我们老了，发胖了，不中用了。一天一夜，一昼夜算完了，生活悄悄地过去，没有生气，没有印象，没有思想……白天赚钱，晚上去俱乐部，那里全是牌迷、酒鬼、嗓音沙哑的人。我现在简直受不了这些人。有什么好谈的呢？"

"可是您有工作，有崇高的生活目标。您以前是那么喜欢谈您的医院。我当时是一个怪女孩，想象自己是一位伟大的钢琴家。如今所有的小姐都在学钢琴，我也和大伙一样弹钢琴，没有一点特别的地方。我做钢琴家就像妈妈当作家一样，没有多大的能耐。当然，我那时候没有理解您，但是后来我在莫斯科却老是想着您，我只想着您。做一个地方自治局的医生，帮助病人，为人民服务，这有多么幸福，多么幸福啊！"叶卡捷琳娜·伊万诺夫娜反复地说，"我在莫斯科想到您的时候，您在我的想象中是多么完美，多么崇高啊！……"

斯塔尔采夫想起了每天晚上从袋子里把钞票拿出来，心满意足地数数的情景，心里的那团火就熄灭了。

他站起来，要回房子里去。她挽着他的胳膊。

"您是我在生活中认识的人当中最好的人。"她接着说，"我们还将会常见面、谈天，对吗？答应我吧。我不是什么钢琴家，我不会发蒙了，我也不会再在您面前弹钢琴，不再谈到音乐的事了。"

当他们走到房子里时，斯塔尔采夫在傍晚的灯光下看见她的脸，看见她那忧郁的、感激的、出神地注视着他的眼睛，他感到不安起来，又一次想道："幸亏我当时没有娶她。"

他起身告辞。

"按照罗马的法律，您可没有任何理由不吃饭就走，"伊万·彼得罗维奇一面送他，一面说，"您的态度简直是垂直线。喂，你来表演一个吧。"他在前厅对帕瓦说。

帕瓦已经不是小孩子，而是留着唇髭的青年了。他拉开架势，抬起胳膊，用悲怆的声调说："死吧，不幸的女人！"

这一切都使斯塔尔采夫感到不快。他坐上马车，看着那黑乎乎的房子和花园。这一切对于他曾经是多么亲切和珍贵啊。他立即记起了当时的一切：约瑟福夫娜的长篇小说、科季克的响亮的琴声、伊万·彼得罗维奇的俏皮话和帕瓦的演悲剧的姿势。于是他想：既然全城最有才华的人都如此庸碌，那么，这个城市还会是什么样子呢？

过了三天，帕瓦送来一封叶卡捷琳娜·伊万诺夫娜写的信。

"您不上我的家来了，为什么呢？"她写道，"我担心您对我们变心。我担心，我想到这一点就感到害怕。请您不要让我担心，来吧，并且告诉我，一切都好。"

"我必须跟您谈一谈。您的叶·屠。"

他读完信，想了想，对帕瓦说："伙计，你去告诉她，今天我不能来，我很忙。你告诉她，我过三天再来。"

但是过了三天，过了一星期，他还是没有去。有一次，他坐车路过屠尔金的家，才想起来应该到他家去坐一下才对。可是他想了想……还是没有进去。

后来他再也没有去屠尔金的家了。

五

又过了几年，斯塔尔采夫变得更胖了，满身脂肪，呼吸困难，走起路来，脑袋往后仰。每当腰圆体胖、满面红光的他坐上带小铃铛的三匹马拉的马车时，同样是腰圆体胖、满面红光的潘捷列蒙也挺着其长满了肉的后脑壳坐在车夫座上，向前伸出两条笔直的像木头一样的胳膊，朝对面过来的人大声叫喊着："靠右走！"这幅图画是十分动人的！而且使人觉得，坐在车上的不是人，而是多神教的神。他在城里的医疗业务规模很大，没有喘息的时间。他已经有了一个田庄和两所城里的房子。每当他听说互助信用社里有房子出卖时，他就毫不客气地来到这所房子，走进每个房间，也不管房间里那些没有穿好衣服的妇女和孩子惊讶地恐惧地看着他，便用拐杖戳着所有的门说："这是办公室？这是卧室？那这又是什么室呢？"

这时他便气喘吁吁，擦去额头上冒出来的汗水。

他有很多事务，但他还是不放弃地方自治局的职位。他很贪心，哪一方面都不想放手。不论在城里还是在嘉里日，大家干脆称他为"姚内奇"："这个姚内奇要上哪儿去？"或者是，"是否要请姚内奇来会诊？"

也许是由于喉咙里长上了一层肥油吧，他的嗓音变了，变得又尖又细。他的性格也变了，变得脾气很坏，很暴躁。他对待病人也经常发脾气，很不耐烦地用手杖敲击地板，用很难听的声音嚷道："请您只回答我的问题！别废话！"

他孑然一身。他过着枯燥的生活，对什么也不感兴趣。

他去嘉里日居住的那些日子里，对科季克的爱情是他唯一的一件乐事，而且恐怕也是最后的一件乐事。每天傍晚他都到俱乐部玩文特牌，然后一个人坐在一张大桌子旁边吃晚饭，伺候他的是一个年纪最老也最受尊敬的服务员伊万。伊万给他送去"第十七号拉菲特酒"。俱乐部里所有的人——不论是主任、厨师还是服务员，都知道他喜欢什么，不喜欢什么，都竭尽全力满足他，否则，他会突然发起脾气来，拿起手杖敲打地板。

吃晚饭的时候，有时他会转过身来，对人家的谈话插上几句："你们在说什么？啊？说谁？"

有时邻桌有人谈及屠尔金家，他就问："你们这是在谈哪个屠尔金？是有个弹钢琴的女儿的那一家吗？"

关于他的事，所能说的，就是这些了。

屠尔金一家呢？伊万·彼得罗维奇没有变老，他一点也没有变化，还是像过去那样，老是说俏皮话，说笑话。薇拉·约瑟福夫娜也像过去那样喜欢给客人朗诵自己的长篇小说，朗诵得热心而又朴实。科季克每天弹四个钟头的钢琴，她明显地见老了，常常生病，每年秋天都跟母亲一起到克里米亚去。伊万·彼得罗维奇送她们上车站，开车时，他便拭擦着眼泪，大声说："再见吧！"

他挥动着手绢。

（1898年）

新娘

一

已经是晚上十点钟了,花园里明月高照。在舒敏的家里,祖母玛尔法·米哈依洛夫娜嘱咐的彻夜祈祷的事刚刚做完,娜佳便到花园里溜达。这时她看见大厅里正在摆放各种小吃,祖母穿着华美的绸子衣服在忙来忙去。大教堂的大祭司安德烈神甫跟娜佳的母亲尼娜·伊万诺夫娜在谈什么事。不知什么缘故,透过窗户,母亲在晚上的灯光照耀下显得非常年轻。安德烈神甫的儿子安德烈·安德烈伊奇站在旁边,留心地听着。

花园里恬静、凉快,地下有许多静默的黑影。很远很远的什么地方,大概是城外,传来青蛙的叫声。可以感觉到五月的气息了,可爱的五月!人们深深地呼吸着,热切地想着:不是在这里,而是在天底下的什么地方,在树木的上空,在城外很远的地方,在田野上,在森林里,这种春天的生活正在展开,神秘、美丽、丰富、神圣。这是软弱、有罪的人所不能理解的。但不知为什么,人们却想哭一场。

她，娜佳，已经二十三岁了。从十六岁起，她就强烈地希望出嫁。现在她终于做了安德烈·安德烈伊奇的未婚妻。他正站在窗户那边，她喜欢他，婚礼已定在七月七日。然而她却并不高兴，快活不起来……厨房在地下室，从敞开的窗户可以听见人们在忙碌着，刀声当当响，滑动门砰砰响，闻得到烤火鸡和醋渍樱桃的香味。不知为什么，她觉得一生都会是这个样子，没有变化，没有尽头！

瞧，有一个人正从房里出来，站在门廊上。这是亚历山大·季莫菲伊奇，或者干脆叫他萨沙，他是十天前从莫斯科来的客人（祖母有一个远亲，是贵族出身的穷寡妇玛丽娅·彼得罗夫娜，她又瘦又小又有病，很久以前就常到她家来请求周济，她的儿子就是这位萨沙）。不知为什么，大家都说他是一位出色的画家。他母亲死后，祖母为了能使自己的灵魂超升，就把他送到莫斯科康米萨罗夫斯基学校去读书。过了两年又转入一个绘画学校，在那里待了差不多十五年，才勉强在建筑系毕业，但他还是没有做建筑学的工作，而是在莫斯科一个石印厂做事。他几乎每年夏天都要到祖母这里来，他老是病得很厉害。他是来休息和疗养的。

他现在穿着带扣子的常礼服和一条穿旧了的帆布裤子，裤脚管下面磨破了。他的衬衫也没熨过，整个人显出没有精神的样子。他人很瘦，一双眼睛却很大，手指又长又瘦，留着一把胡子，黑黑的脸，却也还算漂亮。在舒敏家他很习惯，如同亲人一样，住在他的家里就像住在自己家里。他所住的那个房间,早已被称为"萨沙的房间"了。

他站在门廊上,看见了娜佳,就走到她跟前去。

"你们这里真好。"他说。

"当然很好。您应该在这里住到秋天。"

"是的,只好这样。也许我要在你们家住到九月份呢。"

他无端地笑起来,在她的身旁坐下。

"我站在这里,看着我妈妈,"娜佳说,"从这里看过去,她显得多么年轻!我妈妈当然也有弱点,"她沉默了一会儿,补充说,"不过她毕竟是不一般的女人。"

"是的,是很好的女人……"萨沙同意地说,"您的妈妈,就她本人来说,当然是一个善良的可爱的女人,不过……怎么跟您说呢?我今天很早就到你们的厨房里去,那里却有四个女仆睡在地板上,没有床,用破烂代替被褥,臭烘烘的,还有臭虫、蟑螂……还是跟二十年前一样,一点变化也没有。奶奶呢,愿上帝保佑她,她毕竟是奶奶;不过要知道,您母亲恐怕就不一样了,她会说法语,还参加演出,想必她好像是明白的吧。"

萨沙说话时,总要把两个又长又瘦的手指伸到听话人的面前去。

"不知为什么,这里的一切我都觉得有点怪异,看不惯。"他接着说,"鬼才知道为什么,所有的人都不做事,您妈妈整天逛来逛去,像个公爵夫人,您祖母也是什么事也不做,您也一样。您的未婚夫安德烈·安德烈伊奇也是什么事情都不做。"

这些话娜佳在去年就听过了，好像前年也听过。她知道，萨沙除此之外不会说别的话。过去这些话只使她发笑，可现在，不知为什么，她变得厌烦了。

"这些都是老生常谈，早就令人厌烦了。"她说，站了起来，"您应该想出一点什么新鲜的东西来说说。"

他笑笑，也站起来。两个人一起朝正房走去。她，高高的个儿，很漂亮，身材匀称。现在她同他走在一起，显得非常健康，服装也非常好看。她感觉到了这一点，于是觉得他有点可怜，而且不知为什么，有点不好意思起来。

"您说了许多无用的话，"她说，"瞧，您刚才谈到我的安德烈，可是您对他并不了解呀。"

"我的安德烈……去他的您的安德烈吧！我正在替您的青春感到惋惜呢。"

他们走进饭厅时，大家已经坐下来吃饭了。奶奶，或者照人家的称呼——亲奶奶，身体很胖，相貌很丑，两道眉毛很浓，还有一点唇髭，嗓门很粗。凭她的声音和姿态，就可以看出她是这里的一家之长。集市上的几排商店和这座带圆柱和花园的老房子都是属于她的财产，但她还是每天早晨都祈祷，求上帝保佑她不会破产，并为此而哭泣。而她的儿媳妇，娜佳的母亲尼娜·伊万诺夫娜，淡黄色头发，腰身束得很紧，戴夹鼻眼镜，而且每个手指上都戴着钻石戒指。安德烈神甫是一个瘦弱的老头儿，牙齿全掉了，看他的表情，好像准备要讲什么很有趣的事。他的儿子安德烈·安德烈伊奇,娜佳的未婚夫,是胖胖的漂亮青年,卷发,像个演员或画家。他们三个人正在谈论催眠术。

"你在我这里住上一星期,健康就会恢复的。"老奶奶对萨沙说,"只是你要多吃一点才好。看你都像什么样子了!"她叹了一口气,"你变得太厉害了!瞧,真的,你已经完全是个浪子了。"

"该死的挥霍掉父亲所赠的资财以后,"安德烈神甫眼睛带着笑意,慢吞吞地说,"就跟不通人性的牲口一块儿吃草了……"

"我爱我的老爸,"安德烈·安德烈伊奇触一触父亲的肩膀说,"他是一个非常可爱的老人,善良的老人。"

大家都没有作声。萨沙忽然笑起来,并用餐巾捂住嘴。

"那么,您是相信催眠术了?"安德烈神甫问尼娜·伊万诺夫娜。

"当然,我也不能肯定我相信,"尼娜·伊万诺夫娜回答说,脸上做出很严肃甚至严厉的表情,"不过应当承认,自然界有许多神秘的和不可理解的东西。"

"我完全同意您的意见,不过我要补充您一点:宗教信仰为我们大大地缩小了神秘的领域。"

一个又大又肥的火鸡端上桌来了,安德烈神甫和尼娜·伊万诺夫娜继续在谈话。尼娜·伊万诺夫娜手指上的钻石戒指在闪闪发光,后来是她的眼睛在发光,她激动起来了。

"我虽然不敢跟您争论,"她说,"但您也会同意,生活中有那么多解答不了的谜！"

"我敢让您相信，一个也没有。"

晚饭之后，安德烈·安德烈伊奇拉小提琴，尼娜·伊万诺夫娜则弹钢琴为他伴奏。他十年前在一所大学的语文系毕业，但没有在任何地方做过事，没有固定的工作，只是有时参加为慈善目的而举办的音乐会。城里大家都称他艺术家。

安德烈·安德烈伊奇在拉琴，大家默默地听着。桌上的茶炊轻轻地沸腾，只有萨沙一个人在喝茶。后来时钟敲响十二下，一条琴弦突然断了。大家笑起来，赶忙起身，开始告辞。

娜佳送走未婚夫后，便上楼回自己的房间去。她和母亲住在楼上（祖母住在楼下）。楼下的大厅里都熄灯了，萨沙仍旧坐在那儿喝茶。他老是按莫斯科的习惯喝茶喝得很久，一回得喝七杯。娜佳宽衣躺在床上后很久，还听见女仆在楼下收拾打扫，祖母在生气。最后，一切都安静下来了，只是偶尔听见萨沙在下面自己的房间里低沉地咳嗽几声。

二

娜佳醒来的时候大概是两点钟，天开始亮了。什么地方的更夫在打更。她已经不想睡了，床太软，躺着不舒服。娜佳像过去一样，在五月的夜晚躺在被窝里想事，而思想也和昨夜一样,单调,毫无意思,令人厌烦。她想到,安德烈·安德烈伊奇如何向她献殷勤,向她求婚;她如何同意了,后来便慢慢地尊重这个善良、聪明的人。可是,不知为什么,现在当婚期剩下一个月的时候,她却开始感到害怕和不安,好像有一种模糊不清的沉重的东西在等待着她似的。

"嘀托、嘀托……"更夫在懒洋洋地打着更,"嘀托、嘀托……"

从一个大的旧窗户里可以看见花园,更远一点,有紫丁香盛开的茂密的丛林,它们都处于睡眠状态,并且由于寒冷而变得萎靡不振了。浓重的白雾浮到紫丁香上面,想把它盖住。在远处的树上,睡意蒙眬的白嘴鸦在大声啼叫。

"我的天呀,我为什么这样苦恼!"

也许每一个未婚妻在结婚前都有这种感觉吧。谁知道呢!或许这里有萨沙的影响?可是,要知道,萨沙多少年来都在说同样的话,好像念文章一样,说的时候,显得天真和奇怪。但是脑子为什么老是离不开萨沙呢?为什么呢?

更夫早就不打更了。窗口下和花园里鸟儿叫喳喳,花园里的雾也散了。春天的阳光像微笑一样,把四周围照得通亮。很快地,整个花园被太阳温暖了,在阳光的爱抚下,已苏醒过来了,钻石般的露珠在树叶上熠熠发光。这个早已荒芜了的老花园在这个早晨却显得那么年轻、漂亮。

老奶奶已经醒了,萨沙以一种深沉的男低音咳嗽起来。可以听见下面在安顿茶炊、移动桌子了。

时钟走得很慢。娜佳早就起了床,而且在花园里散步许久了,可是早晨仍然没有过去。

瞧,尼娜·伊万诺夫娜脸上带着泪痕,手里拿着一杯矿泉水出来了。她迷信招魂术和顺势疗法。她读很多书,喜欢谈论自己产生的怀疑。娜佳觉得,所有这一切都包含着深刻的神秘的意义。这时娜佳吻了吻母亲,同她并排走着。

"啊,你干吗哭了,妈妈?"她问道。

"昨天晚上我开始看一本描写一个老头儿和他女儿的中篇小说。老头儿在某个地方服务,不料他的上司竟爱上了他的女儿。小说我还没有看完,不过有一个地方却使人忍不住要流泪。"尼娜·伊万诺夫娜说,呷了一口杯子里的水,"今天早晨我想起来,就又哭了。"

"这些天来,我都不那么快活,"娜佳沉默了一会儿后说,"我为什么晚上睡不着觉呢?"

"我不知道,亲爱的。不过我在晚上睡不着觉时,就紧紧地闭上眼睛,瞧,就像这样,暗自想象安娜·卡列尼娜怎样走路,怎样说话,或者想象古代世界的一桩什么历史故事……"

娜佳觉得母亲并不了解她,也不可能了解她。她还是平生第一次有这种感觉,甚至开始感到害怕,想躲起来。于是她就回自己的房间里去了。

两点钟大家坐下来吃饭。这是星期三,斋戒日,所以祖母给大家吃素红菜汤和鳊鱼汤。

萨沙为了逗弄奶奶，既喝了荤汤，也喝了素红菜汤。吃午饭的时候他一直在开玩笑，不过他的笑话说得太笨，全都带有教训意义，结果变得一点也不可笑。他在说俏皮话之前，总是把他长得很像死人的手指举起来，这就不由得使人想到他的病很重，大概他在这个世界上活不多久了。于是大家都为他难过而流泪。

午饭后，祖母便回自己房间里休息。尼娜·伊万诺夫娜弹一会儿钢琴，随后也走了。

"啊哈，亲爱的娜佳，"萨沙开始了惯常的午饭后的谈话，"您要听我的话才好，要听才好！"

她闭上眼睛，深深地坐在老式的圈椅里。他则在房子里静静地踱着步子，从这一头走到那一头。

"您要出去读书才好！"他说，"只有受过教育的和神圣的人才是有意思的人，只有他们才是有用的人。须知，这样的人越多，天国就会越快地在人间出现。到那时，你们的城市就会慢慢地被彻底摧毁，一切都翻个个儿，一切都会变化，就像是变魔术那样。到那时，这里会有庞大的最富丽堂皇的大厦，奇迹般的花园，罕见的喷泉，出色的人们……可是这还不是最重要的，最重要的是，我们所说的群众。现在这种样子的群众，到那时就已不再存在了。因为每个人都将会有信仰，每个人都会知道他自己为什么而活着，并且再也没有人到群众中间去寻求支持了。亲爱的，好姑娘，走吧！向大家表明：您已经厌倦了这种停滞的、灰色的、罪恶的生活。哪怕您向自己表明这一点也行!"

"不行,萨沙。我快要结婚了。"

"咳,得了吧,谁要做这样的事呢?"

他们走进花园,散了一会儿步。

"亲爱的,无论如何您要想一想,要明白,您这种无所事事的生活是多么不道德,多么不干净。"萨沙继续说,"您该明白,比方您、您的母亲、您的祖母什么事都不做,这就是说别人在为你们工作,你们在吞噬别人的生命。难道这样干净吗,不肮脏吗?"

娜佳想说,"是啊,这是对的",还想说,她明白,但是,她眼睛里涌出了泪水,她突然不作声了,心里发紧,回到自己房间去了。

傍晚前,安德烈·安德烈伊奇来了,像平常那样,拉了很久的提琴。他一般是不多说话的,喜欢拉小提琴,也许是因为拉小提琴时就可以不说话。十一点钟他已经穿上大衣,要回家了。他拥抱了娜佳,开始贪婪地吻她的脸、肩膀和双手。

"亲爱的,我可爱的,我的美人!……"他小声说,"啊,我多么幸福!我快活得快要疯了!"

她却觉得,这种话她老早老早就听过了,或者是在什么地方……在一本小说里,在一本旧的、破烂的,早就被扔掉了的小说里读到过似的。

萨沙坐在饭厅的桌旁喝茶,用五个长手指头托着茶碟。奶奶在摆牌阵,尼娜·伊万诺夫娜在看书。油灯里的火噼啪作响，一切都似乎平静、顺利。娜佳道了晚安，回到自己楼上房间里，躺下后立即就睡着了。可是像前一个晚上一样，天刚刚亮，她就醒了，不想睡了，心神不定、难受。她坐起来，把头垂在双膝上，想到未婚夫，想到婚礼……不知为什么，她回想起母亲并不爱其已经去世的丈夫，如今她什么都没有了，完全依靠自己的婆婆即奶奶生活。娜佳怎么想也想不明白，为什么在此之前她会认为妈妈有什么特殊的、不寻常的地方，为什么没有发现她也是一个普通的、平凡的、不幸的女人。

楼下的萨沙也没有睡着，娜佳听见他在咳嗽。她在想，这是一个古怪而又天真的人，在他的幻想里，所有这些神奇的花园和不寻常的喷泉，都使人觉得有点荒诞。但是，不知为什么，在他这种天真甚至荒诞里却又有那么多美好的东西，以至她一旦想到是否外出读书时，就好像有一股凉气沁透了她整个的心和胸，充满了快乐和兴奋感。

"不过，最好别去想，最好别去想……"她小声说，"不该去想这些。"

"嘀托……"远处什么地方更夫在打更，"嘀托……嘀托……"

三

六月中旬，萨沙忽然感到烦闷，便打算回莫斯科去。

"我不能在这个城里住下去了，"他忧郁地说，"没有自来水，也没有下水道！我怕脏，不敢吃饭，厨房里脏得无法……"

"你就等一等吧，浪子！"不知为什么奶奶小声劝他，"七号就是婚礼了！"

"我不想等了。"

"你本来不是想在我们家住到九月份吗？"

"可我现在不想住了，我需要去工作。"

这年遇到了一个潮湿而阴凉的夏天，树木湿淋淋的，花园里的一切都不使人感到愉快，而是令人沮丧，这也实在使人想去工作。楼上楼下的各个房间里都可以听到陌生女人的说话声。奶奶房里响起了缝纫机的嗒嗒声，这是她们在赶制嫁妆。光是皮大衣就给娜佳缝了六件，其中最便宜的一件，按奶奶的说法，也值三百卢布！这种无谓的忙乱使萨沙感到不快，他坐在自己的房间里生气。不过大家都劝他留下来，于是他答应在七月一日以前不走。

时间过得很快。彼得节那天午饭后，安德烈·安德烈伊奇同娜佳一起到莫斯科街去再看一回为他们这对年轻人准备的早已租下来的房子。这是一幢两层楼的房子，不过目前只修好了上面的一层，大厅里上了色的镶木地板闪闪发光。几把维也纳式的椅子，一架钢琴，一个小提琴乐谱架，充满油漆味。墙上挂着一张有金边的大油画，画面是一个裸体女人，旁边有一个断了把儿的紫色花瓶。

"一幅绝妙的画，"安德烈·安德烈伊奇说，出于尊敬而叹一口气，"这是画家希什马契夫斯基的作品。"

再过去一点是客厅，有一张圆桌，一张沙发，几张套着鲜蓝色布罩的圈椅。沙发上方挂着安德烈神甫的大照片：他戴着法冠，佩着勋章。后来他们走进带餐具橱的饭厅，然后走进了卧室。这里在朦胧的光线中并列摆着两张床，仿佛在布置卧室时，就已经注意到，这里将永远是很美满的，不可能不是这样的。安德烈·安德烈伊奇领着娜佳走遍了各个房间，并一直搂着她的腰。而她却觉得自己身体衰弱、惭愧、憎恨所有这些房间、床铺、圈椅，裸体太太使她感到恶心。她自己已经很清楚，她不爱安德烈·安德烈伊奇了，也许，她根本从来就没有爱过他。可是这话怎么说出来，向谁去说呢，又为什么要说呢？她自己不明白，也无法明白，尽管她整天整夜都在想这件事……他搂着她的腰，谈得那样热情、谦虚，那样幸福，在自己这所住宅里走来走去。而她呢，在所有这一切中，她只看到了庸俗、愚蠢的、幼稚的和不能容忍的庸俗。搂着她的腰的那只手，她也觉得像铁箍一样僵硬和冰凉。她时刻都想跑掉，痛哭一场，从窗口上跳下去。安德烈·安德烈伊奇领她去看浴室，他碰了碰安装在墙上的水龙头，水即刻流了出来。

"怎么样？"他说，大笑起来，"我吩咐在顶间安了一个能盛一百桶水的水箱。瞧，我们将来就有水用了。"

他们穿过了院子，然后走到街道上，雇了一辆马车。灰尘像浓密的乌云一样扬了起来，好像天马上就要下雨了。

"你不冷吗？"安德烈·安德烈伊奇说，灰尘使他眯起了眼睛。

她沉默不语。

"昨天，你还记得吗，萨沙批评我们什么事也不做，"他沉默了一会儿后说，"好吧，他说得对！非常对！我什么事也不做，也做不了。我亲爱的，这是为什么呢？我甚至一想到将来有朝一日额头上戴一枚帽徽去供职，就觉得非常厌恶，这是为什么呢？为什么我一看见律师，或者拉丁语教师，或者市参议员，就觉得不自在呢？啊，罗斯母亲！啊，罗斯母亲！你还驮着多少无所事事、毫无用处的人啊！有多少像我这样的人压在你的身上啊，多灾多难的罗斯！"

他对自己什么事也不做这一点做了总结，认为这是一种时代的表征。

"我们将来结了婚，"他接着说，"我们就一起到农村去，我的亲爱的，我们将在那里工作！我们买一小块地，带有一个花园和一条小河，我们将劳动，观察生活……啊，那将是多么好啊！"

他脱下帽子，头发被风吹得扬了起来。她听着他说话，并且在想："天啊，我想回家！天啊！"几乎快到自己的家时，他们追上了安德烈神甫。

"瞧，父亲也来了！"安德烈·安德烈伊奇高兴起来，挥动着帽子，"我爱我的老爸，真的。"他说，一面付给车夫钱，"他是很好的老人，善良的老人。"

娜佳走进屋里，心里生气，身体不舒服，心想，整个晚上都有客人，要招待他们，笑脸相陪，听小提琴演奏，听各种各样的胡诌，谈的都是婚礼的事。奶奶穿着华丽的绸子衣服，坐在茶炊旁边，神情傲慢，在客人面前总是目空一切。安德烈神甫带着狡猾的微笑走进来。

"看见您身体健康，我十分高兴和快慰。"他对奶奶说。很难弄明白，他是在开玩笑，还是说真心话。

四

风敲打着窗户和房顶，听得见嗖嗖的叫声。炉灶里，家神悲愁而又忧郁地哼着自己的歌。这时是夜晚十二点多钟。房子里大家都躺下了，但谁也没有睡着。娜佳总觉得楼下有人在拉小提琴。外面传来一种响亮的撞击声，大概是一块护窗板掉下去了。一分钟以后，尼娜·伊万诺夫娜穿着一件衬衫，手里拿着蜡烛进来了。

"这是什么响，娜佳？"她问道。

母亲把头发编成一条辫子，脸上露出一种胆怯的微笑。在这个暴风雨的夜晚，她显得老了，丑了，矮小了。娜佳记得不久前自己还认为母亲是个不平凡的女人，十分自豪地听她说话，而现在却怎么也想不起这些话了，而能记得的那些话，却又是那么软弱无力，毫无用处。

炉灶里传来好几种男低音的歌声，甚至似乎听见了："唉，唉，我的天呀！"娜佳从床上坐起来，突然紧紧地抓住自己的头发，痛哭了起来。

"妈妈，妈妈，"她小声说，"我的亲人，要是你知道我出了什么事就好了！我求求你，求求你让我走吧！我求你了！"

"到哪里去？"尼娜·伊万诺夫娜问道，她不知道是怎么回事，也从床上起来，"你要到哪里去？"

娜佳哭了很久，一句话也说不出来。

"让我离开城市吧！"她终于说了出来，"不该举行婚礼，也不会有婚礼了——你要明白！我不爱这个人……而且我也不想谈到他。"

"不，我的亲人，不，"尼娜·伊万诺夫娜很快地说，大吃了一惊，"你安静一下，这是由于你心情不好引起的。会过去的。这是常有的事。大概你同安德烈吵嘴了吧？不过，相爱的人拌嘴，不过是开开心而已。"

"得了，你走吧，妈妈，你走吧！"娜佳痛哭起来。

"是啊，"尼娜·伊万诺夫娜沉默了一会儿后说，"不久以前你还是个小孩、小姑娘，而现在你已经是未婚妻了。在自然界，新陈代谢是正常的。不知不觉间你自己也要变成母亲，变成老太婆，你也将和我一样，有一个固执而任性的女儿。"

"我亲爱的善良的妈妈，你固然聪明，可你也不幸，"娜佳说，"你很不幸——你为什么要说这些庸俗的话呢？看在上帝面上，你说这是为什么呢？"

尼娜·伊万诺夫娜还想说点什么，可是一句话也说不出来，呜咽了一声，回自己房里去了。炉灶里又响起了男低音，忽然变得很骇人。娜佳从床上跳下来，急忙跑到母亲那里去。尼娜·伊万诺夫娜躺在床上哭泣，盖着浅蓝色的被子，手里拿着一本书。

"妈妈，你听我说！"娜佳说，"我求求你，你仔细想一想就会明白的！你只要明白我们现在的生活是多么琐碎渺小、多么有失尊严就好了。我的眼睛睁开了，现在我全看见了。你这个安德烈·安德烈伊奇是什么人呢？要知道，他并不聪明，妈妈！上帝啊！你要明白，妈妈，他愚蠢！"

尼娜·伊万诺夫娜猛地坐起来。

"你和你的奶奶都折磨我！"她说，呜咽了一声，"我还要活，要活！"她反复地说，并两次用拳头捶打自己的胸口，"请你们给我自由吧，我还年轻，我要活，而你们却要把我变成老太婆！……"

她悲痛地哭起来，躺下后，在被子下面将身子缩成一团，显得那么弱小、可怜和愚蠢。娜佳回到自己的房间里，穿上衣服，坐在窗口下，等待天亮。她整夜坐着，想心事。外面不知什么人老在敲击护窗板，并且吹口哨。

早晨，奶奶抱怨说，昨夜花园里的所有苹果都被风刮掉了，并且吹断了一棵老李树。天色灰暗、浑浊、悲凉，只好点起灯来。大家都抱怨天气冷，而且雨水抽打着窗子。喝过茶后，娜佳去找萨沙，一句话也没有说，就在墙角一张圈椅旁边跪下，双手捂着脸。

"怎么啦？"萨沙问。

"我受不了啦……"她说道，"以前我怎么能在这里生活，我真不明白，不理解。我现在瞧不起未婚夫，瞧不起自己,瞧不起所有这种无所事事的、毫无意义的生活……"

"好了,好了……"萨沙说,还不明白是怎么一回事,"这没有什么……这很好。"

"这种生活使我非常讨厌,"娜佳接着说,"我在这里连一天都待不下去了,明天我就离开这里,看在上帝面上,你就带我走吧!"

萨沙惊讶地看着她良久。他终于明白过来,并像孩子一样高兴起来。他挥起双手,用鞋踩着步子,高兴得好像要跳起舞来了。

"好极了!"他说道,搓了搓双手,"天呀,这有多么好啊!"

她则睁着一双充满爱慕的大眼睛,目不转睛地望着他,心醉神迷地等待他会立即对她说出什么具有重大意义的、无比重要的话来。他还什么也没对她说,而她却已经觉得在她面前展开了一种新的、广大的、她从前所不知道的东西,她已经充满期待地望着他,做好一切准备,哪怕是死也在所不惜。

"我明天就走,"他想了想后说,"您到车站来送我……我把您的行李装在我的皮箱里,车票我也替您买好,等到响第三遍铃时,您就上车,我们就走了。您送我到莫斯科,然后您一个人再到彼得堡去。您有身份证吗?"

"有。"

"我敢担保,您不会遗憾,不会后悔的,"萨沙兴奋地说,"您去吧,去念书吧,然后您就听从命运的安排。当您把生活转变过来时,那就一切都变了。最重要的是转变生活,其余的一切都无关紧要。那么,明天我们就走了?"

"啊,是的!看在上帝的面上。"

娜佳觉得自己非常激动,心里从来没有这么沉重。现在在离家之前她只好受点苦,受思索的折磨。可是她刚回到自己楼上的房间里,在床上一躺,立即就睡着了,并且睡得很熟,脸上带着泪痕,带着微笑,一直睡到傍晚。

五

雇好了出租马车。娜佳已经穿好大衣,戴上帽子,来到楼上,要再看一眼母亲和自己所有的东西。她在自己的房间里挨着还有余温的床边站了一会儿,环顾一周,然后悄悄地走到母亲跟前。尼娜·伊万诺夫娜还在睡觉,房间里一片寂静。娜佳吻了吻母亲,理了理她的头发,站了两分钟光景……随后便不慌不忙地回到下面。

外面下着大雨,马车支起了顶篷等在门口,整个都淋湿了。

"你跟他一个位子坐不下,娜佳,"奶奶说,这时女仆开始把手提箱搬上车去,"这样的天气还想去送他!待在家里吧。瞧,多大的雨啊!"

娜佳想说点什么,可又不能说。萨沙把娜佳扶上车,用方格毛毯给她盖好脚,然后自己在旁边位子上坐下来。

"一路平安!让上帝赐福给你!"奶奶在台阶上喊道,

"你呀，萨沙，到莫斯科就给我们写信。"

"好的，再见，奶奶！"

"让圣母保佑你！"

"唉，这天气！"萨沙说道。

娜佳直到现在才哭起来，现在她才明白她已经走定了。当她和奶奶告辞，当她去看妈妈的时候，她总还是不相信真会走。再见了，城市！新的住宅、裸体女人和花瓶。所有这一切已不会惊吓她，不再成为负担，而是变得幼稚、渺小，越来越往后退了。当她坐在车厢里，火车开动的时候，所有这些过去的庞大而又严肃的东西，便被压缩成一团，而那些迄今她还很少注意的巨大而又广阔的未来却扩展开来。雨点抽打着车窗，看得见的只有绿色的田野。电线杆和电线上的鸟雀一闪而过。娜佳忽然喜上心来，使她一时喘不过气来：她想到她正走向自由，去读书，这就跟许久以前人们所说的"外出去当哥萨克"一样。于是她又笑，又哭，又祈祷！

"没关系，"萨沙得意地微笑着说，"没关系！"

六

秋天过去了，接着冬天也过去了。娜佳已十分想家，每天都想母亲，想奶奶，也想萨沙。家里寄来一封封平静、和善的信，好像一切都得到了宽恕，都已忘记了。五月份考试完了以后，她很健康，高高兴兴地回家了。中途在莫斯科下车，去看萨沙。他还是老样子，还像去年夏天一样：满脸胡子，头发蓬乱，还是穿着那件常礼服和帆布裤子，还是那双又大又好看的眼睛。但是看上去他并不健康，而是病魔缠身的样子，又老又瘦，还不停地咳嗽。不知为什么，娜佳觉得他有点灰溜溜、土头土脑的样子。

"我的天啊，娜佳回来了！"他说，高兴地笑起来，"好姑娘，我的亲人！"

他们在石印厂坐了一会儿，那里充满了烟味，而且油墨和颜料也发出呛人的气味。后来他们来到他的房间，房间里也是烟味，而且吐了许多痰。桌子上在冷却了的茶炊旁边摆着一个用黑纸盖着的破碟子。桌上和地上有许多死苍蝇。处处都可以见出，萨沙的个人生活搞得一塌糊涂，很邋遢，得过且过，非常蔑视生活的舒适。如果有人对他谈个人的幸福，谈私生活，谈对他的爱，他什么都不会懂，只会一笑置之。

"还不错，事事顺遂。"娜佳急忙说，"秋天妈妈曾到彼得堡来看我。她说奶奶已经不生气了，只是老到我的房间里去，在墙上画十字。"

萨沙显得很快活，但是老咳嗽，说话声音发颤。娜佳一直仔细地看着他。她不知道他真是病得很重，还是只是她的一种感觉。

"萨沙，我亲爱的，"她说，"要知道，你在生病！"

"不，我还好，是有病，但不太严重……"

"唉，我的天啊，"娜佳激动起来，"为什么你不去治病，为什么你不爱惜自己的健康呢？我亲爱的，亲爱的萨沙。"她说，眼睛里流出了泪水。而且不知为什么，她的想象里竟出现了安德烈·安德烈伊奇、裸体太太和花瓶，以及过去的一切，而这一切现在已显得像童年一样遥远了。她哭了，因为萨沙在她看来已不再像过去那样新奇、那样有知识、那样有趣了。"亲爱的萨沙，您的病很重很重了。我不知道应当怎样做，才能让您不再这么苍白和消瘦。我欠您那么多的情！您甚至不能想象，您帮了我多大的忙，我的好萨沙！实际上，您现在是我最亲近、最亲爱的人了。"

他们坐着谈了一会儿。现在，当娜佳在彼得堡过了一个冬天之后，萨沙，萨沙的话，萨沙的微笑，他的整个形态，在她看来，已是一种过了时的、旧式的、气数已尽的，或许已经进了坟墓的东西了。

"我后天要到伏尔加河去，"萨沙说，"然后再去喝马乳酒。我想喝马乳酒，还有一个朋友带着妻子跟我一块去。他妻子是一个非常好的人，我一直鼓励她，劝她出去读书。我想改变她的生活。"

他们谈了一阵之后，便坐车到火车站去。萨沙请她喝茶，吃苹果。火车开动了，他微笑着向她挥动手绢。甚至从腿上也可以看出，他病得很重，未必能活很久了。

中午，娜佳回到了自己的城市。当她从车站坐车回家时，她觉得那些街道都很宽，而房子却又小又扁，没有人，只遇见那个穿红黄色大衣的德国钢琴调音师。好像所有的房子都盖上了灰尘。祖母已经完全老了，还像以前那么胖、那么丑，她抓住娜佳的双手，把脸贴在她肩膀上，哭了很久，不能分开。尼娜·伊万诺夫娜也老了许多，难看多了，好像全身都消瘦了，不过仍旧像从前那样束紧腰，钻石戒指也仍旧在她手指上闪闪发光。

"我亲爱的！"她说，全身发抖，"我亲爱的！"

后来她们坐下来，还是在哭，没有说话。很明显，不论是祖母，还是母亲，都已经感觉到，过去是一去不复返了，不可逆转了：她们已没有了社会地位，没有了从前的那种荣耀，也无权在家请客了。这就像在轻松的无忧无虑的生活中，突然夜里来了警察，进行搜查，原来这家的主人盗用公款或造伪币，于是这种轻松的无忧无虑的生活也就永远结束了一样！

娜佳走到楼上，看见原来的那张床，原来的挂着雪白、朴素的窗帘的窗户，窗外也仍然是那个花园，它沐浴在阳光里，欢快、喧闹。她摸了摸自己的桌子，坐下来，想了想。她午饭吃得很好，喝了茶，吃了香甜、油腻的鲜奶油。可是好像还缺了点什么，觉得房间里空荡荡的，天花板也显矮了。晚上她躺下睡觉，盖上被子，但不知为什么，躺在这张暖和的很柔软的床上，她觉得有点可笑。

尼娜·伊万诺夫娜来了一会儿，她坐着就像是有罪的人一样，心神不定，神色慌张。

"喂，怎么样，娜佳？"沉默一会儿后她问道，"你满意吗？非常满意吗？"

"满意,妈妈。"

尼娜·伊万诺夫娜站起来,在娜佳身上和窗户上画十字。

"而我,你知道吗,开始信教了,"她说,"要知道,我现在在研究哲学,我老是在想,在想……现在有许多东西我都像白昼一样明白了。我觉得,首先要让整个生活都过得像透过三棱镜一样。"

"告诉我,妈妈,奶奶的身体怎么样?"

"好像还好。当你和萨沙离开家,后来你打来电报时,奶奶读了电报就倒在地上了,躺了三天不能动弹。后来她老是向上帝祈祷,老是哭,而现在没有事了。"

她站起来,在房间里来回走动。

"嘀托、嘀托……"更夫在打更,"嘀托、嘀托……"

"首先要使整个生活都过得像透过三棱镜一样,"她说道,"换句话说,也就是,在我们的意识里,生活应分解成最简单的成分,就像分成七种基本颜色一样,对每个成分都得分别去加以研究。"

尼娜·伊万诺夫娜还说了些什么,以及她什么时候离开的,娜佳都没有听见,因为她很快就睡着了。

五月过去,六月到来,娜佳在家里已经习惯了。奶奶在张罗茶炊,深深地叹气。每天晚上尼娜·伊万诺夫娜都在讲自己的哲学。她仍像从前那样,住在家里,像一个寄食者,花每一个钱都得向祖母去要。房子里有许多苍蝇,房间里的天花板也好像变得越来越矮了。老奶奶和尼娜·伊万诺夫娜由于害怕遇见安德烈神甫和安德烈·安德烈伊奇，从不上街。娜佳常在花园里和街上走动，看那些房子和灰色的围墙。她觉得，城里的一切早已经老化了，过时了，只不过是在等着结束，或者是在等待一种年轻的、新鲜的东西的开始罢了。啊，要是这种新的、光明的生活能早日到来就好了，那时人们就可以正直而又勇敢地面对自己的命运，意识到自己是对的，成为快活、自由的人！而这种生活迟早是要到来的！须知，那样一个时代会到来的，到那时候，像奶奶家的那种景况，即四个女仆没有地方住，只能挤在一个房间里，住在地下室里，住在肮脏的地方的景况，就不再存在，消失得无影无踪，就会被忘记，不再有人记得了。同娜佳逗乐的就只有邻院的那些顽皮孩子，当她在花园里散步的时候，他们就会敲敲围墙，笑着逗她说："新娘子！新娘子！"

萨沙从萨拉托夫寄来一封信。他用快活的跳舞似的笔迹写道：他在伏尔加河的旅行很成功，不过去萨拉托夫他害了一点病，嗓子哑了，已经在医院里躺了两个星期。她明白，这意味着什么，一种差不多是坚信不疑的预感控制了她。她感到不快的是，这种关于萨沙的预感和思想并没有使她像从前那样激动。她强烈地想要生活，要回彼得堡去。她和萨沙的交往虽然是亲切的，但毕竟遥远了，遥远的过去了！她整夜没有睡，早晨坐在窗口下，谛听着。她真的听见了下面有人说话，慌张不安的祖母正在急忙地询问什么，然后便有人哭起来……娜佳来到楼下时，祖母站在墙角祈祷，满脸泪水。桌子上放着一封电报。

娜佳在房间里来回踱步很久，听着祖母哭，后来拿起电报读了。电报通知说，亚历山大·季莫菲伊奇，或者简称萨沙，由于肺病，昨天早晨在萨拉托夫去世。

祖母和尼娜·伊万诺夫娜去教堂安排祭祷，娜佳仍在房间里来回踱步很久，想着心事。她清楚地意识到，她的生活已经像萨沙所要求的那样改变过来了。她在这里是孤独的，陌生的，无人需要的，她也不需要这里的一切，她与过去的一切已一刀两断，就像一切都烧掉了，消失了，连灰烬也被风吹走了一样。她走进萨沙的房间，在那里站了一会儿。

"别了，亲爱的萨沙！"她想道，在她的面前出现了一种宽广辽阔的新生活，这种生活虽然还朦朦胧胧，充满神秘，但却在吸引着她，召唤着她。

她上楼回到自己房间里去收拾行李。第二天一早便向家人告辞，朝气勃勃、欢欢快快地告别了这个城市，大概永远不会回来了。

（1903 年）

图书在版编目（CIP）数据

套中人：契诃夫选集 /（俄罗斯）契诃夫著；李辉凡，李丝雨译. -- 北京：天天出版社，2024.1

（伟大的短篇小说家们）

ISBN 978-7-5016-2173-6

Ⅰ. ①套… Ⅱ. ①契… ②李… ③李… Ⅲ. ①短篇小说-小说集-俄罗斯-近代 Ⅳ. ①I512.44

中国国家版本馆CIP数据核字(2023)第201510号

责任编辑：郭剑楠	美术编辑：曲 蒙
责任印制：康远超 张 璞	

出版发行：天天出版社有限责任公司
地址：北京市东城区东中街42号　　邮编：100027
市场部：010-64169902　　传真：010-64169902
网址：http://www.tiantianpublishing.com
邮箱：tiantiancbs@163.com

印刷：三河市春园印刷有限公司	经销：全国新华书店等
开本：880×1230　1/32	印张：8.25
版次：2024年1月北京第1版	印次：2024年1月第1次印刷
字数：161千字	
书号：978-7-5016-2173-6	定价：35.00元

版权所有·侵权必究
如有印装质量问题，请与本社市场部联系调换。